Le Livre de Poche Jeunesse

LE PRINTEMPS D'UNE AUTRE

Katy Cannon

Née à Abou Dabi, Katy Cannon a grandi au pays de Galles. Après des études universitaires à l'université de Lancaster, elle a voyagé aux quatre coins du monde. Elle vit aujourd'hui près de Cambridge.

De la même autrice :

- L'été d'une autre

KATY CANNON

LE PRINTEMPS D'UNE AUTRE

Traduit de l'anglais (Grande-Bretagne)
par Sarah Dali

WILLA

Tout est parfait.

L'éclairage : la lumière naturelle du soleil californien qui filtre entre les immeubles et illumine mon plateau. Le cadre : un lycée typiquement américain de Los Angeles, la veille des vacances de printemps. Les acteurs : hors champ, qui gloussent discrètement en attendant leur grand moment. La musique : prête à jaillir des enceintes dès que je donnerai le signal. Les angles de prise de vue : mon ami Matty derrière une caméra pour réaliser les plans fixes, et moi qui entre et sors du champ d'action avec ma fidèle mini-caméra pour saisir les perspectives les plus intéressantes.

Ça va être *phénoménal*!

Je prépare cette journée depuis des mois, en gros depuis ma deuxième semaine de cours à Los Angeles. Je voulais créer un véritable *événement*, dont on parlerait pendant toutes les vacances de printemps, voire après. Je voulais me faire remarquer, comme ne me l'a pas encore permis ma nouvelle chaîne YouTube. Quand Matty et moi avons commencé à travailler en binôme sur un petit projet pour le club cinéma, on s'est rendu compte que nos styles s'accordaient bien. C'est pourquoi je lui ai demandé de m'aider… et soudain, tout s'est mis en place.

Bien sûr, les choses ont été légèrement plus compliquées que ça. Il a fallu convaincre des gens, programmer des répétitions, prévoir la mise en scène, le planning, les costumes, le maquillage… Mais nous y sommes enfin arrivés.

C'est aujourd'hui que je vais faire grande impression sur mon petit coin de Los Angeles. Aujourd'hui, le lycée St Saviour ; demain, les studios d'Hollywood ! En tout cas, j'espère obtenir une *certaine* reconnaissance.

– Dans cinq, quatre, trois…, je chuchote dans le micro relié à l'oreillette de mon assistante.

Elle m'observe avec attention depuis l'endroit où attendent les acteurs. Je lève deux doigts, puis un, avant de lui adresser un signe de tête.

La musique retentit depuis le perron du lycée jusque sur la pelouse, assez forte pour être entendue de l'autre côté du parking. Des élèves qui passent par là lèvent les yeux, certains perplexes, d'autres souriants. Mes premiers danseurs sortent en rythme de leur cachette. Leurs costumes assortis et leurs mouvements coordonnés sont spectaculaires dans la lumière du soleil. Après un rapide coup d'œil à Matty pour m'assurer qu'il capture l'action en plan large, je plonge dans la danse pour réaliser les gros plans.

Nous avons répété cette scène à la seconde près, si bien que tout le monde sait précisément ce qu'il doit faire. Au moment où le rythme change, cinq élèves qui semblaient simplement traîner sur les marches bondissent sur leurs pieds et commencent à danser le jive avec frénésie.

Tout se déroule exactement comme je l'avais prévu, jusqu'aux pirouettes sur les voitures garées près du bâtiment principal et aux pas de danse sur le bord des jardinières en béton. Je tourne sur moi-même au milieu des acteurs pour filmer ce chaos soigneusement orchestré. Autour de nous, des spectateurs rient, applaudissent et nous acclament – certains se joignent même à nous. C'est tout ce dont j'avais rêvé !

Jusqu'au moment où je vois le proviseur Carter traverser la pelouse d'un pas raide dans ma direction.

ALICE

Tout est horrible.

Bon, d'accord, pas tout, ni tout le temps. Enfin, en ce moment, alors que je suis cachée dans les toilettes pour filles du collège en attendant que tout le monde soit parti, la situation me paraît assez horrible.

Je ne suis pas censée être aux toilettes, mais au club contre le changement climatique, dans la salle de sciences. Seulement, c'est la veille des vacances de printemps et personne d'autre ne s'est donné la peine de venir. Ce n'est pas comme si nous avions été nombreux le reste du semestre. Parfois, il n'y avait que Mlle Morris, la prof responsable du club, et moi.

Cette semaine, même Mlle Morris est rentrée chez elle plus tôt.

Je regarde toujours les manifestations pour le climat à la télé et je vois les jeunes activistes du monde entier s'exprimer sur les réseaux sociaux. Pourtant, je n'ai même pas réussi à convaincre ma propre école de rebaptiser l'association « club contre la crise climatique ». D'après les journalistes, ma génération se passionne pour cette question mais, apparemment, « ma génération » ne va pas au collège Bollingsdale.

Dans mon ancienne école, nous organisions des collectes de recyclage, concevions des affiches de sensibilisation, et personne ne s'est attiré trop d'ennuis pour avoir séché les cours afin de participer à la grande manifestation à Londres. J'y suis allée avec Papa et Mabel, sa petite amie. C'était une journée incroyable, que j'ai passée entourée de gens qui partageaient mes préoccupations.

En gros, tout le contraire de mon nouveau collège.

Quand Papa et moi avons déménagé de Cambridge à Londres en janvier, j'ai essayé de considérer cette expérience comme une aventure. Je suis ravie qu'il ait obtenu un poste dans la même université que Mabel. Mais vivre à trois dans son minuscule appartement jusqu'à ce que nous trouvions un nouveau logement, aller en cours en métro et non plus à vélo, dormir avec le vacarme de la capitale sous ma fenêtre… Il faut que je m'habitue à tous ces changements. Et puis, il y a l'école.

Bollingsdale est un bon collège : excellente réputation, rapports d'inspection exceptionnels et résultats aux examens supérieurs à la moyenne. Papa ne cesse de me rappeler la chance que nous avons eue de pouvoir m'y inscrire. Et je suis sûre que c'est une bonne école pour beaucoup de monde.

Seulement pas pour moi. Je ne m'y sens pas à ma place. Je n'ai pas envie d'être là – et de ce que j'ai pu ressentir, les autres élèves n'ont pas envie que je sois là non plus. Ils ont déjà leur groupe d'amis – ils ont eu quatorze ou quinze ans pour s'en créer un.

Je participe à un club extrascolaire presque tous les jours, pour partir plus tard que les autres. Ou, plus précisément, plus tard que Cassidy, Mollie et Jana, les trois filles de ma classe qui semblent prendre un malin plaisir à me pourrir la vie.

– Alice ?

Je souris en entendant mon nom résonner dans la pièce déserte. Bon, d'accord, il y a peut-être une personne dans toute l'école que ma présence ne dérange pas.

– Hal, tu n'as certainement pas le droit d'entrer dans les toilettes des filles, je lance après avoir déverrouillé la porte du cabinet.

– Je ne suis pas à l'intérieur, juste à la limite, réplique-t-il, planté sur le seuil. En plus, tu te caches alors que je veux rentrer chez moi. Allez, viens !

Hal a passé l'été dernier à aider Willa, ma meilleure amie, à se faire passer pour moi (c'est une longue histoire[1]) et ils sont devenus bons amis. Elle a dû lui demander de garder un œil sur moi, car, depuis ma rentrée à Bollingsdale, il prend de mes nouvelles presque chaque jour. Il a beau avoir ses propres amis, il me consacre du temps en faisant le trajet avec moi entre notre collège

---

1. Voir *L'Été d'une autre*.

et la station de métro la plus proche, ce que j'apprécie beaucoup. D'après Willa, il en pince pour moi. Je ne la crois pas.

Après avoir attrapé mon sac, je suis Hal et nous marchons sur les trottoirs bondés de Londres en direction de la station de métro.

– Quand est-ce que tu pars pour Los Angeles ? s'enquiert-il en chemin.

– Demain matin.

J'ai préparé ma valise, vérifié trois fois que j'avais bien mon passeport et mes formulaires, et déjà choisi un livre à lire dans l'avion.

– Tu as hâte ?

– Carrément !

Demain à la même heure, je serai presque arrivée – en fait, à l'heure de Los Angeles, j'y serai déjà ! À Hollywood, avec Willa, à mille lieues de Bollingsdale. Pour deux semaines entières à m'amuser et me détendre au soleil avec ma meilleure amie. Oui, j'ai hâte !

– Ne la laisse pas t'entraîner dans une nouvelle folie, hein ? plaisante Hal.

– Je crois qu'on a épuisé tout notre stock de folie l'été dernier ! je réplique en riant. On va sûrement se contenter d'aller à la plage.

C'est vrai. Mais une part de moi ne peut s'empêcher d'espérer que Willa sème un peu de sa pagaille dans mon séjour, car une chose est sûre : l'été dernier, on s'est *vraiment* amusées. Or ça ne m'est pas souvent arrivé ces derniers temps. Je me dis que, si je m'étais fait passer pour Willa à Bollingsdale, ma vie ne serait pas si terrible. Mon amie se moquerait de ce que les autres pensent d'elle. Quand j'étais à sa place l'été dernier, j'avais un peu de cette confiance magique en moi.

Ces deux semaines avec elle m'aideront peut-être à la retrouver.

WILLA

Il s'avère que l'école reste l'école, où que vous soyez.

Quand le contrat de ma mère a été prolongé et qu'elle m'a annoncé que nous resterions en Californie au moins un an, j'ai pensé qu'aller à l'école à Los Angeles serait une super expérience. J'allais vivre et étudier à Hollywood. En septembre, je ferais ma rentrée au lycée. Après avoir vu toutes les séries américaines pour ados, sans parler des émissions de téléréalité, j'allais enfin vivre dans un lieu qui me *comprendrait*, moi, Willa Andrews, star en herbe. C'est là que j'accomplirais mon rêve de devenir une réalisatrice célèbre (qui joue peut-être aussi dans ses propres films).

Sauf qu'apparemment, quand on organise une flash-mob avec des élèves près du parking et qu'une ou deux voitures se retrouvent un peu cabossées, et les exams des seconde très légèrement perturbés, personne ne loue vos talents de mise en scène…

Non, je suis juste convoquée dans le bureau du proviseur.

Ma mère est assise à mes côtés, immobile comme une statue, en attendant le jugement de M. Carter. Elle a déjà eu une longue conversation avec lui pendant que je poireautais dans le couloir. Je sais exactement ce qu'il va dire : la même chose que tous mes autres directeurs quand ils étaient contrariés.

Nous avons eu droit au laïus : « Je suis très déçu, ce n'est pas une conduite digne d'une élève du lycée St Saviour. » Puis il a ajouté : « Je comprends que tu ne te sois pas encore habituée à ce nouveau pays ainsi qu'à cette nouvelle école, et c'est bien que tu te fasses des amis et que tu participes », ce que j'ai trouvé plutôt sympa. Hélas, cette tirade a été suivie de la conclusion : « Cependant, ce genre de comportement ne peut pas rester impuni, surtout lorsqu'il affecte les notes d'autres élèves. »

Nous attendons à présent de connaître la nature exacte de ma punition. Génial.

J'entends la voix d'Alice dans ma tête me disant que j'aurais dû mieux préparer mon coup. Si j'avais organisé la flash-mob après les cours, ou ailleurs… Toutefois, ce serait revenu à donner un coup d'épée dans l'eau. L'événement devait avoir lieu au lycée et pendant les heures de cours, sinon personne ne l'aurait vu, et, dans ce cas, à quoi cela aurait-il servi ?

Je ne suis peut-être pas une planificatrice comme Alice, pourtant, j'ai bien un objectif final en tête. Je me suis inscrite au club cinéma dès la rentrée. Seulement, je suis en troisième[2], et me contenter de venir au club chaque semaine et de partager mes vidéos sur YouTube n'a pas suffi à attirer l'attention des élèves plus âgés. Il fallait autre chose. J'ai donc saisi ma chance : le projet de court-métrage de l'option cinéma de terminale. L'année dernière, le film réalisé par la classe a remporté plusieurs récompenses et créé le buzz. Tous ceux qui y ont participé ont été admis en école de cinéma. Je ne voulais pas attendre deux ans de plus pour acquérir cette expérience, je voulais m'y mettre *tout de suite.* Cette année, le projet le plus populaire est réalisé par Fran Levine, la terminale la plus cool du lycée, déjà pressentie comme la future star du cinéma indépendant local. Nous étions *faites* pour nous rencontrer. Travailler avec Matty m'en donnait l'occasion. Quand je lui ai demandé de me recommander, il a répliqué : « Montre-moi d'abord ce que tu sais faire.» Alors je lui ai montré.

Vous voyez ? J'ai un plan. Enfin, je dois d'abord assumer la punition que le proviseur Carter a imaginée pour moi. De l'autre côté du bureau, il joint le bout de ses doigts et les pose contre ses lèvres. C'est un grand type au costume gris parfaitement ajusté. D'habitude, je l'aime bien. Il joue parfois au basket ou au foot avec les élèves après les cours. Il assiste aussi à tous les spectacles de la chorale, qu'il

2. Aux États-Unis, le système scolaire est différent et la classe de troisième est la première année de lycée. (NDLT)

accompagne de temps à autre de sa voix grave et harmonieuse. J'ai l'impression que, si ces examens n'avaient pas été perturbés, il aurait *adoré* ma flash-mob.

– Willa, j'aimerais que tu profites de ces vacances de printemps pour apprendre à penser aux autres avant d'agir, déclare-t-il en me regardant avec sérieux de ses yeux marron foncé. J'en ai donc discuté avec ta mère et nous avons élaboré le plan suivant : chaque jour de la semaine, tu vas passer au moins quatre heures en tant que bénévole de l'Association de protection du littoral. C'est une organisation caritative avec laquelle le lycée collabore.

– De *protection du littéral*?

Maman secoue la tête.

– Du *littoral*, répète-t-elle en exagérant la prononciation. L'association est dirigée par mon amie Darla, dans la baie de Santa Monica. Les bénévoles s'efforcent de nettoyer la côte autour de Los Angeles et de sensibiliser les écoliers, les habitants du coin comme les touristes à l'importance de prendre soin de nos océans.

– L'avenir de notre planète nous concerne tous, poursuit le proviseur Carter, et des gens comme les membres de cette association essaient vraiment de faire bouger les choses. Beaucoup de nos élèves participent déjà à leurs études en sciences de l'environnement, et Darla a accepté que tu les aides durant ces deux semaines de vacances, sauf le week-end. Je crois que ce sera pour toi une expérience très enrichissante.

– Ça a l'air… super.

En réalité, ça a l'air chiant à mourir. Ou bien le genre de projet qu'Alice adorerait. Ou encore les deux.

Oh… Alice !

– Il faut forcément que ce soit pendant les vacances de printemps ? je demande en me redressant sur ma chaise pour la première fois depuis le début de l'entretien. Je comprends que c'est très important, que je dois me racheter, penser aux autres et tout ça… mais est-ce que je pourrais commencer à penser à eux après les vacances ?

À ces mots, le proviseur dissimule un sourire.

– Willa, c'est ce que nous avons convenu avec ta mère, pour éviter qu'une suspension figure dans ton dossier scolaire.

– D'accord. Seulement… j'ai une amie qui vient d'Angleterre pour les vacances. Je ne l'ai pas vue depuis l'été dernier !

– Son père est chercheur en biologie marine, me rappelle Maman. Ça plaira à Alice d'aider l'association, j'en suis sûre.

– OK, je concède en m'affalant de nouveau sur ma chaise. Je vais passer mes vacances à compter les hippocampes.

– À apprendre à penser aux autres, me corrige M. Carter. Et au fait que nous faisons tous partie, à parts égales, du monde qui nous entoure. Y compris les hippocampes.

Maman se lève et lui serre la main. Je la suis du bureau à la voiture. Les autres élèves sont déjà partis et le parking est quasi désert.

Bon, je dois maintenant consacrer quarante heures à du bénévolat pour une obscure association du littoral, mais je suppose que ça valait le coup, pour les séquences que j'ai pu filmer. Alice arrive demain et je sais qu'on trouvera quand même le moyen de s'amuser. Tout va bien se passer.

Maman ne m'adresse toujours pas la parole tandis que je monte dans la voiture. D'après mon expérience, elle finira par briser ce silence au dîner pour me remonter les bretelles. Pour l'instant, je profite du calme.

Soudain, mon téléphone sonne. C'est un message de Matty.

Je t'ai fait intégrer le projet ! Fran a décidé qu'on commencerait à tourner lundi – on filmera tous les jours des vacances de printemps, sauf le week-end. Je passerai demain pour te donner les détails. À charge de revanche !

J'écarquille les yeux. Matty a réussi ! Tous les efforts que je fournis depuis des semaines et des semaines ont fini par payer : je serai la seule élève de troisième à participer au meilleur projet de film des terminale ! Ma punition en vaut bien la peine.

Oh non…

Je relis le message de Matty. Le tournage aura lieu pendant les vacances. Exactement quand je suis censée travailler en tant que bénévole pour l'association et faire visiter Los Angeles à Alice.

Même *moi*, je ne peux pas être à trois endroits à la fois.

Si ?

ALICE

L'aéroport de Londres est exactement comme dans mes souvenirs de l'été dernier. Si seulement j'étais moi aussi la même qu'à l'époque, pleine d'espoir et d'assurance après avoir passé mes vacances en Italie dans la peau de Willa…

En ce moment, je suis de nouveau fidèle à moi-même. Nerveuse, hésitante, insignifiante.

Dans la queue pour l'enregistrement, pendant que Papa est parti chercher la personne responsable des mineurs non accompagnés, je ressors de mon sac mon passeport, mon billet, mon journal intime et mon téléphone.

– Je ne vois pas comment ils auraient pu disparaître depuis la dernière fois que tu as vérifié, il y a trois minutes, fait remarquer Mabel avec un doux sourire.

Les joues brûlantes, je range aussitôt mes affaires.

Contre toute attente, j'aime bien la petite amie de mon père. Peut-être parce que j'ai passé l'été dernier à l'éviter, pour finir par découvrir qu'elle était aussi stressée que moi à l'idée de notre rencontre. Le fait que Willa l'ait appréciée m'a aussi aidée.

– Je parie que tu as hâte de revoir ton amie, ajoute Mabel, qui essaie à l'évidence de changer de sujet pour me détendre.

– Carrément.

C'est vrai. En fait, l'invitation de la mère de Willa à leur rendre visite pour les vacances de printemps est plus ou moins la seule chose qui m'a permis de supporter ce dernier trimestre à l'école.

Passer du temps avec Willa m'aidera peut-être à retrouver cette Alice-là : celle qui prend des risques, celle qui s'est fait de bons amis et a beaucoup appris. J'aimerais bien la ramener avec moi à Londres à la rentrée.

– Il faut que tu lui racontes tout sur ton nouveau collège et notre recherche de maison, poursuit Mabel. (À son ton, je devine qu'elle parle juste pour tuer le temps et combler le silence.) Et dis-lui bien que, la prochaine fois, c'est à son tour de nous rendre visite ! J'espère qu'elle pourra venir cet été, pour le mariage.

Ah oui, bien sûr. Le mariage. Parce que Papa et Mabel vont se marier. Wouhou ! Non, je suis injuste. Ils sont heureux ensemble et leur bonheur fait le mien. Sincèrement.

Mon père revient vers nous en hâte, accompagné d'une femme en uniforme à l'air affable.

– Alice, je te présente Marta. Elle va veiller sur toi jusqu'à ton arrivée à Los Angeles.

– Bonjour, Marta, je lance avec un sourire hésitant.

– Ne t'inquiète pas, Alice, réplique-t-elle, rayonnante. Je vais bien m'occuper de toi jusqu'à ce que tu retrouves tes amis en Californie.

Je me tourne vers Papa et Mabel pour leur dire au revoir quand soudain, à ma grande surprise, je sens une grosse boule dans ma gorge. J'ai *vraiment* envie d'aller à Los Angeles voir Willa, mais je déteste les adieux.

Mon père me serre fort contre lui, puis recule en me tenant les bras, la tête baissée pour que nous soyons nez à nez.

– Bon, on s'appelle tous les soirs, hein ?

J'acquiesce énergiquement.

– Et tu n'échanges pas ta place avec une inconnue dans l'avion, d'accord ?

Si Marta paraît un peu alarmée par la plaisanterie de mon père, moi, je suis plutôt amusée.

– Pas cette fois, je lui promets.

Il me lâche enfin, et Mabel s'approche pour me prendre à son tour dans ses bras.

– Ne laisse pas Hollywood te changer, me taquine-t-elle.

Quand Papa se joint à notre étreinte, je me sens enveloppée de leur amour.

– Très juste ! renchérit-il. On t'aime telle que tu es, mon Étoile de mer.

Je leur adresse un sourire tremblant et un geste de la main tandis que Marta me conduit vers le *lounge* réservé aux mineurs non accompagnés.

« Ne laisse pas Hollywood te changer. »

C'est exactement ce que j'*espère*. Je voudrais rentrer de Los Angeles métamorphosée. Arriver à m'intégrer au collège et ne plus me cacher dans les toilettes ou à la bibliothèque. Ne plus rester à angoisser au fond de mon lit. Me battre pour ce qui compte à mes yeux, même si ça n'a pas d'importance pour les autres.

Maintenant que les adieux sont passés, mon excitation refait surface. Un frémissement grandit dans ma poitrine tandis que je souris malgré moi à la perspective de ces deux semaines à Los Angeles avec Willa.

Je vérifie une dernière fois que j'ai bien mon passeport et mon billet. Oui, ils sont toujours là. Je suis fin prête.

WILLA
Pourquoi toutes les écoles
sont horribles ?

HAL
Hmm, TU détestes toutes
les écoles, toutes les écoles
trouvent que TU es difficile…
Si seulement il y avait
un dénominateur commun…

WILLA
Tu ne m'aides pas.

HAL
Non, je suis juste hilarant.

WILLA
Il n'y a que toi que ça amuse.

HAL
Alors, qu'est-ce
qui s'est passé ?

WILLA
Personne n'a apprécié
ma SUPER flash-mob,
et maintenant je dois faire
du bénévolat tous les jours
des vacances de printemps.

HAL
Ah. Elle est sur YouTube ?

WILLA
Connecte-toi plus tard dans la soirée. Tu vas adorer.

HAL
J'en suis certain. Alice est déjà là ?

WILLA
Elle arrive cet après-midi. Elle n'est pas encore au courant de cette histoire de bénévolat. Mais c'est pour une association de sauvegarde du littoral, alors ça va sûrement lui plaire.

HAL
Tant mieux. Elle a un peu de mal à Londres. Je crois qu'elle avait hâte de partir.

WILLA
Comment ça, du mal ?

HAL
Tu sais, à s'adapter… Elle est assez… renfermée, en ce moment.

WILLA
Elle est toujours un peu renfermée.

HAL
Pas à ce point. Donc…
veille sur elle, d'accord ?

WILLA
Bien sûr ! Quel que soit
le problème, je le réglerai.
Elle doit être stressée
par le mariage de son père
et Mabel.

HAL
Ouais, sans doute. Alors,
qu'est-ce que tu as prévu
pour son séjour, à part
ce bénévolat ?

WILLA
C'est drôle que tu poses
la question. À ton avis,
que penserait Alice d'un autre
de mes super plans… ?

WILLA

Comme Alice voyage en tant que mineure non accompagnée, Maman a besoin d'une lettre de son père l'autorisant à la récupérer. J'espérais pouvoir l'accueillir directement à la descente de l'avion, mais, vu qu'il s'agit d'un vol international, nous devons attendre qu'elle ait passé les services de douanes et d'immigration.

Je frémis d'excitation tandis que nous traversons l'aéroport à toute vitesse. À notre arrivée au point de rencontre, j'enfile la casquette de chauffeur de taxi que j'ai achetée dans un magasin de déguisements et je brandis la pancarte que j'ai fabriquée au nom d'Alice. Ça fait près de neuf mois que je ne l'ai pas vue. J'ai tellement hâte qu'elle soit là !

Aura-t-elle beaucoup changé ? On a échangé textos et e-mails, et on se suit sur les réseaux sociaux, mais elle ne poste presque jamais de photos d'elle. Est-ce qu'on se ressemble encore ? C'est justement ce qui nous avait rapprochées. J'ai du mal à l'imaginer différente de moi aujourd'hui. J'essaie de la repérer dans la foule qui débarque dans le hall, en éliminant mentalement les voyageuses qui passent devant moi : *Trop vieille, trop jeune, trop blonde, trop petite...*

C'est alors que je l'aperçois. Elle a toujours les mêmes longs cheveux bruns que moi, la même silhouette mince que dans mes souvenirs. Seule différence, elle a les épaules légèrement voûtées et les yeux cernés. Mais c'est bien Alice.

Je me fraie un chemin dans la vague de passagers pour la rejoindre. À ma vue, son visage s'illumine et la lassitude que j'avais perçue chez elle disparaît. Nous nous enlaçons très fort pendant que ma mère s'entretient avec la responsable des mineurs non accompagnés.

– Je n'arrive pas à croire que tu sois vraiment là !

Je pose ma casquette sur sa tête et elle éclate de rire.

– Moi non plus ! Après l'été dernier, je ne pensais pas que mon père me laisserait reprendre l'avion.

– Il a fallu un peu de persuasion, intervient Maman d'un ton sec. Mais j'ai promis de vous surveiller de près.

– Et moi, j'ai promis à mon père et à Mabel d'avoir un comportement absolument irréprochable durant mon séjour, ajoute Alice avec ferveur.

– Ravie de l'entendre, réplique ma mère. Viens, allons chercher ta valise et rentrons à la maison.

La « maison », comme je l'explique à mon amie dans la voiture, n'est pas réellement chez nous.

– Quand on s'est rendu compte qu'on allait rester à Los Angeles plus longtemps que prévu, Maman a commencé à chercher un logement. Puis son ami Harrison nous a proposé de nous installer chez lui, vu qu'il partait à Londres un an pour jouer dans une comédie musicale dans le West End.

– C'est gentil de sa part, commente Alice.

– *Très* gentil, murmure Maman au volant.

En effet, Harrison n'habite pas une simple maison, mais un manoir. Beaucoup plus grand que notre pavillon du Cheshire et situé à Brentwood, l'un des quartiers les plus chics de Los Angeles, il comporte six chambres, une piscine, un immense jardin et un bureau dont je suis la seule à me servir. Papa a sa propre chambre quand il nous rend visite, et la mienne compte deux lits doubles.

Mais ce que je préfère dans cette maison, c'est la terrasse au bord de la piscine, avec des transats et des canapés aux gros coussins moelleux, un coffre rempli de couvertures pour se réchauffer après avoir fait trempette, et même une cheminée pour les soirées plus fraîches.

J'avais envisagé de prévenir Alice avant son arrivée, puis j'ai décidé que ce serait plus amusant de voir sa tête quand elle découvrirait sa résidence de vacances.

– Alors, qu'est-ce que tu as prévu pour mon séjour ? demande-t-elle. J'ai profité du vol pour me renseigner sur toutes les attractions touristiques. Il y a tellement de choses que j'ai envie de voir !

Maman me lance un regard entendu dans le rétroviseur. Je sais ce qu'il signifie : « Il faut que tu parles à Alice du bénévolat pour l'association. »

C'est prévu. Plus tard.

– Pour commencer, on doit aller faire du shopping, évidemment. Tu dois aussi voir Hollywood Boulevard et ses étoiles. Et les plages, bien sûr ! On ira plein de fois à celle de Santa Monica.

Le fait que ce soit pour faire du bénévolat n'est qu'un détail.

– Ça a l'air super, répond Alice d'un ton enjoué.

Pendant ce temps, ma mère me fixe dans le rétroviseur, les paupières plissées. Franchement, c'est la route qu'elle devrait regarder, pas moi.

Elle quitte le boulevard San Vicente pour s'engager dans notre rue. Alice écarquille les yeux devant les maisons qui défilent, de plus en plus grandes, jusqu'à ce que Maman s'arrête devant le portail du manoir d'Harrison. Penchée par la vitre, elle compose le code sur le boîtier de sécurité et les portes s'ouvrent.

– C'est là que vous habitez ? demande Alice, le souffle coupé.

J'avais raison : elle est épatée.

– Ouais, je réponds avec un grand sourire. Tu vas passer les meilleures vacances de ta vie !

ALICE

La nouvelle maison de Willa est tout simplement un palais.

Après être lentement descendue de la voiture, je tente d'estimer la taille de l'édifice. Construit sur deux niveaux, il possède des murs blancs surmontés de toits en tuile rouge à différentes hauteurs, des balcons en fer forgé et des terrasses entourées d'arches. Avec ses oliviers en pot devant l'entrée, il serait parfaitement à sa place sur le flanc d'une colline méditerranéenne.

Une fois ma valise sortie du coffre, la mère de Willa va garer la voiture dans le garage sur le côté de la maison, pendant que mon amie et moi montons mes affaires en haut des deux petites marches qui mènent à la terrasse et à la porte d'entrée. Je sens un doux parfum d'agrume dans la brise et, quand je regarde autour de moi, je découvre de vrais orangers dans le jardin.

– Cet endroit est incroyable, je murmure à Willa.

– C'est assez impressionnant, confirme-t-elle avec un grand sourire. Et attends de voir la piscine !

Après avoir déposé ma valise au pied d'un grand escalier, elle me fait traverser le salon impeccable (lui aussi peint en blanc, assorti au carrelage et aux immenses canapés à l'air moelleux, agrémentés de coussins azur) pour ressortir sur la terrasse arrière.

D'un bleu scintillant sous le soleil de l'après-midi, la piscine est fantastique. Je retire mes baskets et mes chaussettes pour plonger mes orteils dans l'eau, assez chaude pour y nager. C'est parfait.

Ce petit frémissement d'excitation ressenti à mon départ de Londres a grandi jusqu'à m'emplir tout entière. Me voilà à Los Angeles, dans un manoir, prête à passer les meilleures vacances de ma vie. J'ai du mal à y croire – sauf que c'est bien réel.

Quand je me retourne, Willa a disparu. Après avoir un peu cherché, je la trouve occupée à sortir des boissons d'un petit bar installé sur la terrasse. Elle me donne une cannette de limonade et nous nous asseyons sur les énormes poufs, avec une superbe vue sur la piscine et les montagnes en arrière-plan.

– J'ai l'impression d'être dans un autre monde, j'admets.

– C'est un peu le cas, s'esclaffe mon amie. Attention, j'*adore* Londres, mais Los Angeles, c'est autre chose, non ? Alors, quoi de neuf par chez toi ? Des ragots ?

– Pas vraiment, je réponds en secouant la tête. Mon nouveau collège, c'est… un collège. Enfin, la présence d'Hal m'aide un peu.

– Ah oui ? s'étonne Willa.

– Pas comme ça. C'est un ami, c'est tout. Sinon, mon père et Mabel sont tellement heureux ensemble que ça en devient gênant, et ils m'entraînent tout le temps avec eux dans leur recherche de maison. Ah, au fait, ils espèrent que tu pourras venir à leur mariage cet été.

– Carrément ! s'exclame Willa en se redressant. J'adore avoir une excuse pour aller m'acheter une robe. En plus, tu sais, je me sens un peu responsable de ce conte de fées.

– Comment est-ce que tu es arrivée à cette conclusion ?

– Eh bien, si je n'avais pas été une invitée aussi géniale en me faisant passer pour toi l'été dernier, Mabel aurait peut-être été découragée à vie de devenir belle-mère et ils ne se seraient même pas fiancés !

Je ne lui rappelle pas que c'était là le plan de départ. Willa a le don d'adapter les faits à sa propre version de la réalité.

– Et ici, quoi de neuf ? je demande. Comment est ton nouveau lycée ?

Je sais qu'elle espérait intégrer une sorte d'académie pour futures stars du cinéma, mais, d'après ses messages, ce n'est qu'un établissement normal. Du moins, aussi normal qu'ils peuvent l'être à Los Angeles.

Willa vide sa cannette, puis se lève d'un bond pour la jeter à la poubelle.

– Comme tu dis, l'école, c'est l'école. Viens ! Allons chercher ton plus beau bikini pour piquer une tête.

Avant que je puisse lui répondre que je n'ai pas de bikini, seulement un maillot de bain de sport quelconque, sa mère apparaît, suivie d'un garçon et d'une fille qui semblent avoir un ou deux ans de plus que nous.

– Willa, tes amis sont là, annonce Mme Andrews, qui n'a pas l'air ravie. S'il te plaît, n'oublie pas qu'Alice et toi, vous avez des choses à régler assez rapidement. Et elle doit être fatiguée après un vol aussi long.

C'*était* vrai, mais l'épuisement ressenti à ma descente de l'avion s'est apparemment évaporé sous le soleil californien. Maintenant que je suis ici, je suis juste excitée – excitée de voir Willa, et à la perspective d'explorer la ville, de passer du temps avec mon amie. Pas tant avec des inconnus.

– Matty ! s'écrie Willa en faisant signe aux nouveaux venus de nous rejoindre dans notre petit nid avant de se rasseoir. Et… ?

Elle ne termine pas sa phrase. Je comprends alors qu'elle ne sait pas non plus qui est la fille.

– Oh, je te présente ma copine, Jenn, déclare Matty en s'écroulant sur un pouf tandis que la fille en question nous adresse un petit sourire. Elle va travailler avec nous.

Travailler avec nous ? Sur quoi ? Et moi, est-ce que je fais partie de ce « nous » ? Mon excitation commence à laisser place à l'incertitude.

– Voici mon amie Alice, de Londres, lance Willa avec un vague geste de la main dans ma direction.

– Celle avec qui tu as échangé ta place ? s'étonne Matty.

Il me dévisage pendant un moment, ce que je n'apprécie pas, avant d'ajouter :

– Waouh ! Vous vous ressemblez comme deux gouttes d'eau.

– Vous avez échangé vos places ? demande Jenn, perplexe.

– Longue histoire, répond Willa d'un ton dédaigneux. (Elle se penche en avant, les coudes sur les genoux, presque pliée en deux sur son pouf.) Bon, on a des sujets plus importants à aborder. Je suis vraiment acceptée ?

Matty acquiesce.

– J'ai parlé de toi à Fran. Je lui ai dit que tu avais un talent prometteur, alors tu as intérêt à être à la hauteur.

– Comme toujours, réplique Willa avec une assurance qui me rend verte de jalousie. Mais… le tournage a forcément lieu les deux prochaines semaines ?

– Oui, les vacances de printemps tombent à pic. M. Harris nous laissera utiliser le matériel de l'établissement et le proviseur Carter nous a même autorisés à filmer dans l'enceinte du lycée les jours où le personnel sera là. Avec les scènes à la plage et quelques plans dans un parc du centre-ville pour l'atmosphère, la question des extérieurs est résolue !

L'enthousiasme de Matty est palpable et visiblement contagieux, car Willa paraît encore plus excitée qu'à mon arrivée. Jenn, en revanche, reste assise dans son coin, l'air morose.

Mon propre enthousiasme à l'idée d'être à Los Angeles s'estompe peu à peu lorsque je comprends que mon amie s'est investie dans un projet de film amateur pendant la totalité de mon séjour. Un projet apparemment bien plus palpitant que nos aventures de l'été dernier.

Quel est le bon côté de la situation, Alice ?

La question familière de ma mère me traverse l'esprit. Elle a beau être morte depuis cinq ans, c'est dans les situations difficiles que je la sens la plus proche de moi, en train de me murmurer des conseils. Elle m'encourageait toujours à considérer les défis des deux côtés, à envisager le pire… comme le meilleur. D'après elle, on ne savait jamais auquel on aurait droit et, la plupart du temps, les deux étaient tout aussi probables.

Alors, quel est le bon côté pour moi ici ? Je pourrais travailler avec Willa sur ce film, bien que ce ne soit pas vraiment ma tasse de thé. Cela dit, je n'ai jamais essayé. Peut-être que ça me plairait. En tout cas, ça plaît à Willa. Les gens ne la trouvent pas très fiable, mais, quand quelque chose lui tient à cœur, elle ne lâche rien. Or faire du cinéma la passionne plus que n'importe quoi d'autre.

Mme Andrews repasse la tête par la porte ouverte.

– Willa ? Les pizzas seront là dans dix minutes.

– En tout cas, la préparation du tournage a démarré, reprend Matty en se levant d'un bond. Jenn travaille sur les accessoires et on en a encore des tas à récupérer.

– Et pratiquement aucun budget, ajoute sa copine.

– On est plusieurs à cumuler les postes, poursuit Matty. Trop de gens sont partis pour les vacances. Donc moi, je gère les extérieurs et les caméras. Jenn, les accessoires et…

– Je suis la bonne à tout faire, le coupe-t-elle. Comme toi, j'imagine, lance-t-elle en souriant à Willa.

Son attitude est suffisante plutôt qu'amicale. Franchement, je ne vois pas comment ces deux-là pourraient bien s'entendre.

– Je préfère « assistante de production », réplique mon amie.

Ça, c'est du Willa tout craché. Remodeler la réalité à son goût.

Nous les raccompagnons à la porte d'entrée et j'attends qu'ils soient partis pour me renseigner sur le film.

– Alors, quand tu disais dans ton dernier e-mail que tu avais des projets pour mon séjour, c'est de ça que tu parlais ?

– Non, j'ai appris la nouvelle hier. Mais ne t'en fais pas, ce n'est pas comme si j'allais y passer vingt-quatre heures sur vingt-quatre, sept jours sur sept. On aura largement le temps de se voir. En plus…

Avant que je puisse entendre la suite, on sonne à la porte. Willa l'ouvre à la volée. C'est le livreur de pizzas.

– On en reparlera plus tard, promet-elle. Ne t'inquiète pas.

Sauf que c'est beaucoup plus facile à dire qu'à faire.

WILLA

– Tu as parlé à Alice de l'association ? chuchote Maman d'un ton sec pendant que je l'aide à ouvrir les cartons de pizzas.

– Non. Je préfère la laisser s'installer d'abord.

Je ne voulais pas non plus qu'elle entende déjà parler du film, mais Matty a un sens du timing pourri. Et une copine très chiante. Je n'ai pas hâte de travailler avec Jenn, la « bonne à tout faire ». À l'évidence, elle ne sait pas à quel point je vais être utile sur ce projet. Je pense que Fran, la réalisatrice, me jugera indispensable dès la fin de la première journée.

Ma mère jette un coup d'œil à Alice, assise à la table de la cuisine, les jambes croisées, plongée dans un livre qu'elle a dû sortir de son sac.

– Elle m'a l'air plutôt bien installée.

– Je suppose.

– Laisse-moi m'occuper des pizzas, insiste Maman en me poussant doucement vers Alice. Toi, va lui annoncer la nouvelle pour qu'on puisse profiter du dîner l'esprit tranquille.

À contrecœur, je m'approche d'un pas traînant de la table à l'autre bout de la cuisine ridiculement grande et m'assieds à côté d'Alice, qui referme son livre après y avoir glissé un marque-page et me sourit. Je me lance :

– Il faut que je te parle de ce qui va se passer pendant ces vacances.

– C'est bon. Enfin, j'étais un peu surprise au début, et puis j'y ai réfléchi. En fait…

Elle croit qu'il s'agit encore du film ! Pour lequel Maman n'est clairement pas au courant, et il ne faut pas que ça change. Les yeux écarquillés de façon exagérée, je secoue la tête en articulant « Non ! » en silence.

Le front plissé de confusion, Alice joue malgré tout le jeu et change d'approche.

– … tout ce que tu as prévu me va ?

On dirait une question, mais c'est mieux que rien, j'imagine. Je regarde par-dessus mon épaule. Ma mère ne semble s'être aperçue de rien.

– Alors, euh… qu'est-ce qu'on va faire exactement pendant ces vacances ? demande Alice.

– Eh bien, je sais à quel point tu adores l'océan, l'environnement et tous ces trucs.

– Tous ces *trucs* ? répète-t-elle, étonnée. Tu parles de l'avenir de notre planète et de la survie de l'espèce humaine ?

– Ouais ! Je passe beaucoup de temps sur la plage de Santa Monica depuis qu'on habite ici, et il se trouve qu'il y a une asso de nettoyage des océans qui s'appelle l'Association de protection du littoral.

Mon amie se met à sourire.

– Ça a l'air super. On va aller les voir ?

– Encore mieux ! On va y faire du bénévolat ! Au moins quatre heures chaque jour de la semaine, sauf le week-end, je précise en citant le proviseur Carter.

Alice plisse les yeux. Je crois que ce planning est un peu trop précis.

– Quand tu dis « bénévolat »…

– Bon, d'accord, je soupire. Je suis *obligée* de travailler là-bas à cause d'une histoire stupide au lycée.

– C'est la conséquence de tes actes ! lance Maman de l'autre bout de la cuisine.

Si seulement elle pouvait apporter les pizzas… Elles vont refroidir.

– J'ai pensé que ça te plairait de m'accompagner, je conclus.

– Ça a l'air sympa, répond Alice avant de se pencher vers moi pour chuchoter : Et le projet de film, alors ?

En jetant un nouveau coup d'œil par-dessus mon épaule, je vois Maman approcher avec des assiettes – de toute évidence une concession due à la présence d'une invitée ; d'habitude, nous mangeons les pizzas directement dans le carton. Il y a aussi une salade sur le comptoir, ce qui explique sans doute pourquoi elle a mis autant de temps.

– Je t'expliquerai plus tard, je murmure.

Alice aide ma mère en allant chercher la salade.

– Allez, raconte-moi ce que tu as fait pour récolter du bénévolat pendant toutes les vacances ! crie-t-elle depuis le comptoir.

Je bascule ma chaise en arrière sur deux pieds pour pouvoir la voir sans me retourner.

– C'est une super histoire, Alice. C'était fantastique !

Maman s'assied avec un grognement.

– C'est une façon de le dire. Tiens-toi correctement, Willa.

– Attendez que je vous montre la vidéo, je leur lance en reposant brusquement ma chaise sur ses quatre pieds. Vous allez adorer !

*

Le dîner est chouette. J'aime bien être assise à la table de la cuisine avec Alice et Maman – ça change de nos soirées habituelles, où nous mangeons en silence pendant qu'elle lit son script pour le lendemain ou consulte ses comptes sur les réseaux sociaux et que j'envoie des messages à mes amis. Ce soir, c'est comme si j'échangeais des textos avec Alice, mais en mieux, car elle est là, en chair et en os. C'est même sympa que ma mère participe un peu à la conversation. Son planning pour sa série télé varie d'un jour à l'autre : certains matins, elle est déjà partie à mon réveil et, certains soirs, elle n'est pas encore rentrée quand je vais me coucher. Nous communiquons alors par l'intermédiaire de mots collés sur le gigantesque réfrigérateur-congélateur.

Par conséquent, quand nous avons l'occasion de vraiment passer du temps ensemble, elle redouble d'efforts pour être la « mère parfaite ». Ce qui est encore pire.

– J'espère que cette histoire de bénévolat ne te dérange pas, Alice, dit-elle après que je leur ai montré le film de ma fantastique flash-mob. Quand le proviseur Carter m'a suggéré cette idée comme un défi adapté à Willa, j'ai pensé qu'au moins, ça t'intéresserait.

Alice acquiesce avec beaucoup plus d'enthousiasme que moi.

– Ça a l'air vraiment super ! J'ai hâte d'en savoir plus.

– Demain, on est dimanche, mais mon amie Darla, la directrice de l'association, m'a proposé que je vous emmène là-bas pour vous familiariser avec les lieux avant lundi. Ça vous tente ?

– Ce serait génial ! répond Alice avant que je puisse trouver une raison qui nous en empêcherait.

Hmm… Ça va nous laisser moins de temps pour peaufiner les détails de mon plan ingénieux – un plan que j'ai commencé à concocter en l'attendant à l'aéroport. Malgré tout, je suis sûre qu'on s'en sortira si on collabore.

D'abord, je dois la convaincre d'accepter. Si j'y arrive, le reste sera du gâteau.

ALICE

La pizza en Californie a sûrement à peu près le même goût qu'à Londres, mais la manger avec Willa et sa mère la rend encore plus délicieuse. Enfin, le dîner serait plus sympa si mon amie arrêtait de me lancer des regards de conspiratrice. Ça m'étonne que sa mère ne remarque rien. Willa se croit subtile alors qu'en réalité, elle est transparente. Je sais donc déjà qu'elle mijote quelque chose, avant même qu'elle me chuchote « J'ai un plan » dans le large escalier en colimaçon où je traîne ma valise. Quand elle referme la porte de sa chambre derrière nous, je la préviens :

– J'ai promis à mon père et à Mabel de ne pas m'attirer d'ennuis pendant ces vacances. Il m'a carrément obligée à répéter après lui : « Je promets de ne pas m'attirer d'ennuis avec Willa pendant ces vacances » avant de réserver mes billets d'avion.

– Je ne vais t'attirer aucun ennui !

Mon amie donne l'impression d'être vexée que j'aie imaginé une chose pareille. Ce qui me rend d'autant plus nerveuse.

– Et toi, tu vas t'attirer des ennuis ? je demande.

– Techniquement, non. Pas si tu m'aides, ajoute-t-elle en sautant sur le lit à côté de moi avec un grand sourire. Écoute, voici le problème. Avant que cette punition pour la flash-mob me tombe dessus hier, mon seul plan pour ces vacances, c'était de passer du temps avec toi. Et puis le proviseur Carter nous a convoquées dans son bureau, ma mère et moi, et je me retrouve à devoir faire du bénévolat tous les jours. Et là, juste au moment où on rentre à la maison, je reçois un texto de Matty à propos du film.

Le fameux film. Voilà ce que je ne comprends pas encore très bien.

– Parle-moi un peu de ce projet.

– Eh bien, dans mon lycée, les terminale en option cinéma montent un grand projet de fin d'année, et c'est toujours hallucinant. Ils le présentent dans des festivals et des compétitions. Parfois, ils gagnent même des prix.

– Tu n'es pas en terminale, si ?

Je n'ai beau avoir qu'une vague idée du système scolaire américain, surtout grâce aux séries pour ados sur Netflix, je suis sûre qu'on entre en terminale au même âge ici qu'en Angleterre.

– Non. Mais Matty, oui.

Willa, à genoux sur le lit, bondit pour s'installer en tailleur en face de moi. En lisant la détermination dans son regard, je me revois assise à côté d'elle dans l'avion l'été dernier. Quoi qu'elle veuille cette fois, elle le veut vraiment.

– Il est aussi membre du club cinéma du lycée, comme moi, poursuit-elle. D'ailleurs, il m'a aidée pour la flash-mob, ce que je me suis bien gardée de rapporter au proviseur Carter. Je devais prouver à Matty que je m'y connais en matière de cinéma.

– Alors ta flash-mob était une sorte d'audition ?

Je commence à comprendre où tout ça nous mène.

– Exactement ! Il y a une éternité, je lui ai demandé s'il pouvait m'aider à intégrer le projet de film des terminale. Je voudrais réaliser un genre de documentaire sur les coulisses du tournage.

– Jenn n'a pas dit que tu allais être une bonne à tout faire ?

Willa balaie ma remarque d'un geste de la main.

– Qu'est-ce qu'elle en sait ? Elle n'est même pas en option cinéma, ni membre du club. Je ne comprends pas pourquoi elle veut participer au tournage. Enfin, d'après quelqu'un du club cinéma, elle ne s'intéresse aux films que depuis qu'elle sort avec Matty, et elle se préoccupe du projet uniquement parce qu'elle se méfie de sa relation avec Fran. Qui est trop géniale, d'ailleurs.

– La réalisatrice ? je demande, juste pour m'assurer que j'ai bien suivi.

– Ouais ! Fran est très douée et monte plein de super projets. Si je fais mes preuves auprès d'elle, je pourrai peut-être continuer à travailler avec elle, même quand elle aura eu son diplôme.

– Logique.

Du moins, si on s'appelle Willa.

– Alors j'ai eu l'idée de me rendre indispensable aux yeux de Fran et de filmer un documentaire sur les coulisses. Ce sera la vidéo d'audition parfaite pour intégrer l'option cinéma l'année prochaine !

– Apparemment, tu as pensé à tout.

Willa s'affaisse soudain, le menton baissé et les épaules voûtées.

– À part au fait qu'ils décident de tourner pendant les vacances de printemps. Maintenant, il faut que je sois à trois endroits à la fois ces deux prochaines semaines : sur le plateau de tournage, à l'association et avec toi.

Elle me jette un coup d'œil en coin et je comprends que tout ça fait partie de son plan. Elle fait mine d'être totalement abattue pour que j'accepte la combine délirante qu'elle a imaginée. Eh bien, je ne vais pas lui faciliter la tâche.

– Au moins, le bénévolat nous permettra de passer du temps ensemble. Ça fait deux sur trois. Dommage que tu ne puisses pas participer au film, mais c'est mieux que rien, non ?

Willa croise mon regard et cesse de jouer la victime, ce qui est un soulagement, car ce rôle ne lui allait vraiment pas.

– Et s'il y avait un moyen pour que j'arrive à tout faire ?

– Tu as trouvé un retourneur de temps dans la baie de Santa Monica ?

– Encore mieux, répond-elle avec un grand sourire. Je t'ai trouvée, toi.

Je secoue la tête. Après nos aventures de l'été dernier, je sais exactement où cette discussion nous mène.

– Ce sera drôle, je te promets. Et en vrai, on ne fera rien de mal, donc impossible de t'attirer des ennuis !

J'ai des doutes. Malgré tout, une étrange étincelle d'excitation se rallume en moi.

Willa attrape sa tablette sur le bureau, ainsi qu'un plan de Los Angeles.

– Bon, Matty m'a envoyé la liste des lieux de tournage. L'Association de protection du littoral se trouve ici. (Elle déplie la carte par terre et désigne un bâtiment au bord de la plage de Santa Monica.) Et on tournera… (Elle regarde sa tablette.) … là, là et là. Au parc, au lycée et à la plage.

– Tu veux essayer de combiner les deux ? je devine.

Willa m'adresse un sourire malicieux.

– Le proviseur Carter a simplement dit que je devais passer quatre heures par jour à l'association. Il n'a pas précisé quelles heures. Alors on pourrait arriver là-bas tôt le matin, travailler deux heures, foncer sur le plateau pour une journée de tournage, puis revenir assurer les deux dernières heures de bénévolat avant de rentrer !

J'ai le pressentiment que ça ne va pas fonctionner.

– Combien de temps on met pour aller de Santa Monica à ton lycée ? je demande.

– Ça dépend de la circulation. Une trentaine de minutes en dehors de l'heure de pointe ?

Je lui prends la tablette des mains pour consulter le site de l'association.

– Leurs bureaux ouvrent à 9 heures et ferment à 17 heures, sauf en cas d'événement en soirée. Donc si on travaillait là-bas jusqu'à 11 heures, on arriverait sur le tournage vers 11 h 30…

– À part les jours où on tournera au parc, me coupe Willa. Il faudra compter environ un quart d'heure de plus.

– Disons alors midi s'il y a des bouchons. On reste là-bas jusqu'à 14 heures, puis on revient à Santa Monica vers 15 heures pour la deuxième moitié du temps de bénévolat, avant de rentrer à la maison.

– Ça ne fait que deux heures par jour sur le plateau ! proteste Willa. Ça ne marche pas.

C'est un peu là que je voulais en venir. Elle a l'air tellement abattue que je m'en veux d'être la porteuse de mauvaises nouvelles. Je vois bien à quel point ce projet de film compte pour elle et je voudrais qu'elle puisse y participer. Mais nous ne pouvons pas être à deux endroits à la fois.

Ce qui paraît ridicule. L'été dernier, nous avons bien réussi à concevoir un plan qui nous a permis d'échanger nos vacances dans deux pays différents. Et maintenant, nous n'arriverions pas à être à deux endroits dans la même ville ? Sauf si…

Soudain, l'occasion de regagner la confiance en moi éprouvée en me faisant passer pour Willa me semble à portée de main. Elle n'attend plus que je la saisisse. Ce que je fais.

– On pourrait rééchanger nos places, je m'empresse de suggérer avant de me dégonfler.

Le visage de mon amie s'illumine.

– Tu veux dire que tu assurerais le bénévolat pendant que je travaillerais sur le film ?

– En fait, je pensais plutôt le contraire, je plaisante. Mais oui, pourquoi pas ?

Je continue de regarder le site Internet de l'association, attirée par les magnifiques photos de la faune marine et les informations sur tout le travail qu'ils accomplissent. Je dois avouer que cela paraît vraiment incroyable.

– Ça pourrait marcher, répond Willa avec son air de comploteuse.

J'essaie de m'imaginer la scène. Entrer dans un bureau où je n'ai jamais mis les pieds et dire à tout le monde que je suis Willa. L'été dernier, Luca et sa mère d'accueil Sofia, la tante de mon amie, ne l'avaient jamais rencontrée. Ils m'ont donc crue sur parole. Il pourrait se produire la même chose ici.

C'est alors que je repère l'énorme faille dans mon plan.

– Sauf que demain, ta mère nous emmène toutes les deux à l'association pour nous présenter à tout le monde. Je ne peux pas me faire passer pour toi auprès de gens qui te connaissent déjà.

Willa et moi, nous nous ressemblons, mais pas à ce point.

À ces mots, mon amie se renfrogne.

– Et si on échappait à la visite de demain ? suggère-t-elle. Ou… Attends un peu.

Elle saute du lit, traverse la pièce à toute allure – sa chambre doit être trois fois plus grande que la mienne – et ouvre sa penderie pour en sortir des vêtements et composer une tenue complète, qu'elle suspend à un cintre. Puis elle prend ma valise posée par terre, la hisse sur mon lit et l'ouvre pour en tirer des habits sans cesser de marmonner.

– Où est passé ce haut rouge que je t'avais acheté ? demande-t-elle.

– Il est chez moi. (Jamais porté.) Mais qu'est-ce que mes fringues viennent faire dans ton plan ?

– Tout ! répond Willa, ce qui ne m'éclaire pas beaucoup.

Elle finit par suspendre mon short en jean, un tee-shirt blanc avec un imprimé cerises et une veste à capuche rouge à côté de sa propre tenue, avant de lancer mes Converse blanches dessous. En comparaison de ce qu'elle a choisi pour elle – un combishort rose et orange, une veste en jean blanche et des tongs à paillettes –, mes habits paraissent aussi quelconques que d'habitude.

– Donc on a des vêtements, je conclus, mon regard oscillant entre les deux tenues et le sourire rayonnant de mon amie. Je ne comprends toujours pas en quoi ça va nous aider.

– Lesquels sont à moi ? (Je désigne machinalement le combishort.) Exactement. Et celle qui porte cette tenue, c'est bien sûr Willa Andrews, non ?

– Mais, Willa, c'est différent cette fois. Les gens savent qu'on est deux, ils vont faire attention à ce genre de chose. Et surtout, ta *mère* est là et elle sait à quoi on ressemble.

– Justement, tu n'auras pas à la berner, réplique-t-elle en se rasseyant sur le lit à côté de moi. Écoute, je vais t'expliquer. Tu as déjà essayé de repérer le moment dans un film où le cascadeur prend la place de l'acteur principal ?

– Non.

– Eh bien moi, oui. Et c'est impossible. Presque à chaque fois, l'échange est trop subtil pour qu'on le remarque. D'autant que la doublure est faite pour ressembler à la vedette : même coiffure, même maquillage, même taille. Toutefois, le plus important, c'est qu'elles…

– … sont habillées pareil, je conclus.

– C'est ça ! Donc voilà mon plan. *Évidemment*, on n'échangera pas nos places devant ma mère, elle s'en apercevrait tout de suite. Mais pas les membres de l'association.

– Alors qu'elle nous aura présentées et qu'ils nous auront vues ensemble ? Non, ça ne marchera jamais.

– Tu es tellement pessimiste !

– Réaliste, je rétorque.

– Écoute, je pense que c'est jouable. Oui, ils nous verront toutes les deux demain. Seulement, les gens font beaucoup plus attention aux vêtements, à la coiffure et au langage corporel qu'à une légère différence de couleur d'yeux ou de taille – parce que tu es maintenant un peu plus grande que moi. D'accord, s'ils nous voyaient tout le temps ensemble, ils finiraient par s'en apercevoir…

– Mais s'ils ne voient que l'une de nous… et qu'on a la même tenue et la même attitude…, je poursuis, pensive.

– Les gens n'iront pas chercher midi à quatorze heures. En plus, ce n'est pas comme s'ils allaient passer beaucoup de temps avec nous deux, ou mémoriser nos visages. Et toi, tu n'es pas obligée de faire ces heures de bénévolat, donc si tu veux explorer Santa Monica…

– Ou prendre le bus pour aller sur le plateau de tournage…

– Qui va s'en plaindre ?

Willa m'adresse un sourire éclatant, que je ne peux m'empêcher de lui rendre.

– Ça *pourrait* marcher, je concède.

TEXTOS

ALICE
Salut ! Comment ça va en Italie ?

LUCA
Les glaces sont toujours délicieuses. Et tu manques aux ânes.

ALICE
Oh, ils me manquent (presque) aussi.

LUCA
Plus important encore, comment ça se passe à Los Angeles ?

ALICE
C'est assez incroyable. La maison de Willa est aussi grande que l'immeuble entier de Mabel.

LUCA
Waouh ! Plus grande que la ferme ?

ALICE
Bien plus grande.

LUCA
Et qu'est-ce que ma cousine a prévu pour ton séjour ?

ALICE
En fait, c'est pour ça que je t'écris. Je vais peut-être faire une folie.

LUCA
De quel genre de folie on parle ? Du genre « veiller après minuit pour regarder un nouvel épisode d'une série Netflix », « passer un examen sans avoir révisé » ou « tout plaquer pour refaire sa vie » ?

ALICE
J'envisage de suivre l'un des plans de Willa. Sauf que, cette fois, c'est un peu MON plan.

LUCA
D'accord, alors ça va BEAUCOUP plus loin. C'est quoi, ce coup-ci ? Vous jouez toutes les deux dans un film sur votre échange de vacances, où tu interprètes Willa et elle Alice ?

ALICE
Pas… tout à fait.

LUCA
Pourquoi j'ai l'impression
que ce plan est une TMI
(Très Mauvaise Idée) ?

ALICE
Parce que c'est peut-être
le cas ? Mais ça pourrait
aussi être… plutôt amusant.
Et cool. Exactement ce dont
j'ai besoin.

LUCA
Bon, tu vas me dire
ce que vous allez faire ?

ALICE
En fait, non. En tout cas,
pas tout de suite. Je veux
d'abord voir comment
ça se passe demain.
Si ça marche… on aura
un plan. Sinon, on devra
tout annuler. Affaire à suivre !

WILLA

Le lendemain matin, Maman insiste pour que nous prenions le bus jusqu'à Santa Monica, afin de mémoriser l'itinéraire.

– La plupart du temps, je ne pourrai sans doute pas vous y conduire. J'essaierai de venir vous chercher les jours où je ne tournerai pas l'après-midi, mais tu sais comment est mon planning, Willa.

– Imprévisible, je réponds, et elle acquiesce.

Pour moi, c'est l'intérêt de travailler dans le milieu de la télé et du cinéma. Qui voudrait d'un emploi où on est au même endroit tous les jours, à exécuter les mêmes tâches à la même heure ?

– C'est important que vous sachiez comment vous y rendre, poursuit ma mère pendant que nous attendons le Big Blue Bus à l'arrêt le plus proche de chez nous.

Alice hoche sagement la tête, bien que je connaisse déjà le trajet jusqu'à Santa Monica et que je le lui aie expliqué hier soir. C'est de la planification supplémentaire en plus de tout ce que nous avons déjà préparé. Alice adore ce genre de chose.

Elle fait attention à tout durant le voyage – quels billets Maman achète, quels arrêts nous dépassons, où il faut changer de bus – et note le moindre détail. J'essaie de ne pas m'agacer du temps que ça prend. Plus Alice se sentira à l'aise pour faire ce trajet toute seule, plus ce sera facile pour moi de la laisser pour filer en douce sur le tournage. Bien sûr, je ne partage pas ce point de vue avec ma mère.

Je pensais que mon amie allait se réveiller angoissée, bien que ce soit elle qui ait imaginé ce plan.

– Tu stresses ? j'ai demandé, prête à la rassurer au saut du lit ce matin. Parce qu'il ne faut pas. On ne va même pas échanger nos places aujourd'hui, vu que ma mère va rester avec nous, d'accord ? C'est juste pour tâter le terrain et voir si ça marche.

– Je sais, a répliqué Alice en se frottant les paupières. En fait, je ne suis pas si nerveuse que ça. Pas encore.

C'est ce « pas encore » qui m'inquiète. Aujourd'hui, c'est mon unique chance de *vraiment* la convaincre que notre plan est viable. Si quoi que ce soit tourne mal, il faudra abandonner cette idée. Nous n'avons droit qu'à une seule tentative.

Ce matin, j'ai de nouveau présenté à Alice deux tenues, assemblées à partir du contenu de sa valise et de ma penderie.

– Laquelle je vais porter ? a-t-elle demandé en se grattant le nez.

– Peu importe, j'ai rétorqué avec un grand sourire. C'est le principe !

– Alors… même si tout ton plan repose sur le fait qu'on porte des tenues différentes, aujourd'hui, on va s'habiller pareil ? s'est-elle étonnée, les yeux fixés sur les pantacourts en jean, les débardeurs pastel et les vestes à capuche blanches que j'avais disposés devant elle.

– Parce que c'est ça, le vrai test, j'ai expliqué. L'idée m'est venue hier soir.

Lorsque le regard d'Alice s'est éclairé, j'ai deviné qu'elle avait compris.

– Pour voir si quelqu'un qu'on rencontre aujourd'hui nous confond, c'est ça ?

J'ai acquiescé.

– Dans ce cas, on saura que notre plan va marcher.

Maman a levé les yeux au ciel quand nous sommes descendues avec la même tresse lâche et nos tenues quasi assorties.

– Vous savez que je vous distingue toujours, n'est-ce pas ?

– On sait ! avons-nous répondu en chœur.

Une fois assise dans le bus, je prends conscience que ce ne sont pas seulement nos vêtements qui nous trahissent. En écoutant mon amie cuisiner ma mère sur l'association, l'histoire de Los Angeles, la fréquence des bus et j'en passe, je réalise que c'est avant tout notre personnalité qui nous distingue.

Alice reste Alice. Les gens qui ne la connaissent pas bien la trouvent timide, mais, quand elle est passionnée par un sujet – l'environnement, par exemple –, elle pose toutes les questions possibles. Je vais donc, moi aussi, devoir poser des questions et me montrer intéressée.

*

L'Association de protection du littoral se trouve à deux pas de l'arrêt de bus. Après être descendue, Alice s'arrête un instant pour mémoriser les environs. Puis elle sort son carnet de son sac et y note quelques informations affichées sur l'arrêt de bus. Une fois qu'elle est satisfaite (et que ma mère a fait remarquer combien elle était responsable et organisée, avec un coup d'œil entendu dans ma direction), nous nous dirigeons vers l'océan.

Je ne sais pas trop ce que j'attendais des bureaux de l'association. Pendant que Maman nous conduit sur le front de mer, bordé de parkings, d'hôtels et de boutiques de location de vélos, je cherche un bâtiment qui ressemblerait à un aquarium géant.

À la place, je découvre un simple immeuble de bureaux, près d'un parc et juste au bord de la plage. Devant, un panneau en bois flotté indique le nom de l'association ; un autre, plus professionnel, fixé sur la façade à côté de l'entrée, liste les directeurs et administrateurs. Alice le lit, pas moi.

Maman sonne à la porte. Une femme blonde (avec, soit dit en passant, des mèches hyper réussies, et j'ai l'œil) nous ouvre.

– Sarra ! s'exclame-t-elle, radieuse, en serrant ma mère dans ses bras. Ça fait tellement plaisir de te voir ! Je n'arrive pas à croire que tu habites si près maintenant et qu'on n'ait même pas réussi à dîner ensemble depuis Noël.

– Salut, Darla ! répond Maman en lui rendant son étreinte avant de reculer. Merci mille fois d'avoir accepté. J'étais soulagée quand le proviseur Carter a suggéré ton association ! Quelqu'un (Elle lance un regard noir dans ma direction, et je me tiens assez près d'Alice pour que sa colère puisse être dirigée vers l'une ou l'autre d'entre nous.) a eu un petit souci à l'école, et cette idée de bénévolat ici, pendant les vacances, était la meilleure solution pour nous tous.

Darla nous adresse un grand sourire, à Alice et moi.

– Ne t'inquiète pas, je comprends. J'ai un fils un peu plus âgé et j'ai dû aussi le tirer d'affaire avec le proviseur Carter une fois ou deux. Il avait lancé un mouvement de protestation sur les questions environnementales au lycée, alors c'était difficile d'être vraiment fâchée.

– Willa a orchestré une flash-mob. (Maman a beau lever les yeux au ciel, je suis presque sûre d'avoir vu le coin de ses lèvres s'étirer légèrement.) Je déteste l'admettre, mais le film qu'elle en a tiré est assez incroyable.

– Tu m'étonnes, je marmonne dans ma barbe.

J'ai mis en ligne la version finale sur ma chaîne ce matin et le nombre de vues décolle déjà.

Alice me donne un coup de coude dans les côtes. Je ne sais pas si c'est pour me rappeler de ne plus énerver ma mère ou parce que nous ne sommes pas censées attirer l'attention sur qui est qui entre nous deux.

– Bref, je te présente Willa et son amie Alice, qui passe les vacances chez nous.

Maman nous désigne toutes les deux et nous répondons d'un signe de la main à l'unisson.

– Ah, la fameuse Alice qui a suivi le dernier plan délirant de Willa ! (À voir les yeux de Darla pétiller, j'ai l'impression qu'elle prend ce genre d'histoire avec beaucoup plus d'humour que ma mère.) Vous vous ressemblez comme deux gouttes d'eau, hein ?

– Malheureusement oui, réplique Maman. Mais ma fille est la seule qui soit obligée de faire du bénévolat, donc si Alice veut aller se balader sur la plage ou la jetée pour profiter de ses vacances en Californie pendant que Willa trime pour toi, ça me va.

Je baisse la tête pour dissimuler ma joie. En insistant sur le fait que c'est moi qui suis punie, ma mère vient en réalité de servir notre plan. Maintenant, quand « Alice » disparaîtra, personne ne se posera de questions.

– Bon ! s'exclame Darla en tapant dans ses mains. Et si je vous faisais visiter ? Ou mieux encore, ajoute-t-elle alors qu'un grand surfeur canon arrive, je vais laisser mon fils Jake s'en occuper, pendant que je rattrape le temps perdu avec Sarra ! Jake, mon chéri, Willa et Alice vont faire du bénévolat pour nous les deux prochaines semaines. Tu pourrais les mettre au courant de nos activités ?

Jake hausse les épaules, un sourire désinvolte aux lèvres, et écarte ses cheveux blonds de ses yeux.

– Bien sûr, Maman. Bienvenue à l'association, les filles !

Soudain, je regrette d'avoir d'autres projets pour ces vacances de printemps.

ALICE

La mère de Willa disparaît dans un bureau avec Darla, nous laissant, mon amie et moi, seules avec Jake. Il doit avoir dix-sept ans, soit deux ans de plus que nous, et ressemble plus ou moins à l'image que je me fais d'un ado californien : il porte un short de bain et un tee-shirt bleu délavé orné du slogan « La vie sur Mars (ouin) », un peu comme celui que j'ai dans ma penderie. Avec une planche de surf sous le bras, il pourrait sortir tout droit d'une des séries américaines que je suis. Tandis qu'il regarde les deux mères s'éloigner, je me demande s'il apprécie de devoir se coltiner les nouvelles bénévoles un dimanche. Nous sommes sûrement des boulets pour lui.

– J'allais à la plage, mais je peux vous faire visiter les lieux avant, lance Jake avec nonchalance, comme si ça lui était vraiment égal. Bon, d'abord, qui est qui ?

– Moi, c'est Alice, répond Willa avant que je puisse ouvrir la bouche.

Tant pis pour l'idée de « rester nous-mêmes aujourd'hui ».

– Donc tu dois être Willa, conclut Jake. (Je lui adresse un sourire timide.) Attends, c'est toi, l'organisatrice de cette flash-mob qui a cabossé la décapotable de M. Richards, non ?

– C'est moi, je confirme, bien que cette histoire soit tellement éloignée de ma vraie personnalité que c'en est risible.

– Tu pourrais peut-être nous aider à tourner nos nouvelles vidéos, suggère Jake en s'engageant dans le couloir qui mène au cœur du bâtiment.

– Pourquoi pas…

Je fusille Willa du regard dès qu'il a le dos tourné. Super. Maintenant, je vais me retrouver coincée à le filmer, lui et ses amis sur leurs planches de surf, alors que j'espérais accomplir des tâches importantes pour l'association.

Willa écarquille les yeux, comme pour dire : « Qu'est-ce que j'étais censée faire ? »

Je ne daigne pas lui répondre.

– Ma mère a créé l'Association pour la protection du littoral il y a cinq ans, explique Jake, dans le but de nettoyer la côte de Santa Monica et de sensibiliser les habitants du coin, en particulier les écoliers, à l'importance de la préservation de nos océans.

Il donne l'impression de lire un script, bien qu'il ait les mains vides. C'est un discours qu'il doit avoir déjà prononcé plein de fois.

– Tu travailles ici avec ta mère depuis tout ce temps ? je demande.

D'ailleurs, est-il réellement impliqué dans l'association ? Ou dans le surf ?

– Oui, depuis le début ! Ma mère s'occupe seule de moi depuis que je suis tout petit, alors, à l'époque où elle a monté ce projet, elle m'emmenait avec elle. Heureusement pour elle, ça me plaisait beaucoup, même à douze ans. J'adore cette plage et cet océan. Pourquoi est-ce que je ne voudrais pas aider à les préserver ?

– Ça me paraît logique, je confirme avec un petit sourire.

Il n'est peut-être pas uniquement le surfeur superficiel que j'imaginais.

Nous nous arrêtons devant une grande pièce.

– Voici le bureau principal, déclare Jake en désignant une rangée de tables avec six ou sept ordinateurs. On est une organisation à but non lucratif, mais on récolte assez d'argent pour avoir cinq salariés, la plupart à temps partiel. Ma mère gère les relations publiques et les collectes de fonds. Le reste du personnel coordonne les visites pédagogiques, les grandes opérations de nettoyage, les actions de sensibilisation sur Internet et les collaborations avec d'autres associations de sauvegarde et d'étude du milieu marin sur cette partie de la côte. Tout le reste – par exemple le nettoyage des dunes ou de l'océan en kayak, et aussi de la plage avec des écoliers – est réalisé par des bénévoles. On a de la chance, car les gens se soucient beaucoup de cette plage. On reçoit donc énormément d'aide, même si certains ne font pas long feu après avoir compris les efforts que ça demande.

– Et maintenant, vous nous avez, nous.

Je suis en train de changer totalement d'avis sur Jake. Il semble bel et bien impliqué dans toutes les activités de l'association. Il me plaît donc beaucoup plus.

– En tout cas, vous m'aurez, moi. Et peut-être Alice de temps en temps.

Je jette un coup d'œil à Willa, d'un calme inhabituel. C'est étrange de la voir jouer… mon rôle. Elle semble recroquevillée sur elle-même, les épaules voûtées et muette.

Je ne suis pas comme ça, si ?

Je chasse ces inquiétudes pour me concentrer sur Jake – et sur mon propre rôle : la brillante et pétillante Willa. Si Darla raconte à Mme Andrews ce que sa « fille » a fait pendant ses heures de bénévolat, il faut que ce soit convaincant.

Voici donc mon nouveau mantra : « Que ferait Willa dans cette situation ? » Je suis sûre que mon amie notera ma performance plus tard, quand nous nous retrouverons seules.

– Et ça, c'est la salle de pause, poursuit Jake en désignant une porte ouverte. Il y a un frigo si vous voulez apporter votre déjeuner. Ma mère y stocke aussi des trucs à grignoter végans pour tout le monde.

Il regarde des deux côtés du couloir avant de se pencher vers nous pour ajouter tout bas :

– Mais si vous avez très faim, les burgers du stand sur la plage sont les meilleurs de toute la ville. On ne mange jamais de viande à la maison, alors c'est mon petit plaisir. Comme leurs emballages ne sont pas recyclables, j'essaie de ne pas y aller trop souvent.

– Je sais ce que c'est, je réplique en étouffant un éclat de rire. (C'est difficile de faire *tout le temps* les bons choix pour l'environnement.) Je pense que si on fait de notre mieux la plupart du temps, ça compte quand même, non ?

– C'est exactement ce que je dis à ma mère ! s'exclame-t-il avec un grand sourire. En fait, l'un des plus gros problèmes en ce moment par ici, ce sont les scooters électriques de location. Les gens s'énervent tellement en les utilisant qu'ils les jettent dans l'océan. Il y a un documentaire…

– Je l'ai regardé ! Je n'arrivais pas à y croire !

– C'est fou, hein ? Et tu as vu…

Willa se racle la gorge pour ramener l'attention de Jake sur la visite guidée.

– Désolé, je m'emballe un peu sur les sujets qui me tiennent à cœur.

– Moi aussi, j'admets.

Je suis stupéfaite de découvrir que j'ai des points communs avec ce garçon plus âgé et plus cool. Si nous nous étions rencontrés ailleurs, je ne l'aurais pas approché.

Jake ouvre une nouvelle porte et nous invite à entrer.

– Euh… voici notre suite éducative. C'est juste une façon élégante de désigner la salle de classe.

Les tables sont disposées en U avec suffisamment de chaises pour accueillir une bonne trentaine d'enfants. Sur chacune d'elles, on trouve une pile de feuilles et un pot de stylos. Au fond de la salle, une grande fenêtre donne sur la plage et l'océan. Les autres murs sont couverts de posters – certains imprimés, d'autres dessinés à la main – sur l'importance de veiller sur nos océans.

– C'est ici qu'on amène les enfants à leur arrivée, explique Jake. Un grand écran rétractable nous permet de diffuser des vidéos sur nos activités. Parfois, des membres d'une autre association viennent aussi leur montrer des animaux marins qu'ils ont secourus. C'est chouette.

– Ça en a tout l'air, commente Willa, qui s'est approchée de la fenêtre pour observer l'océan.

– Carrément ! je confirme avec un enthousiasme à la Willa. Alors, qu'est-ce que je vais faire les deux prochaines semaines ?

Si j'assure la punition de mon amie, j'espère au moins m'amuser un peu.

Jake énumère quelques actions prévues par l'association pour les vacances de printemps. Il cite des noms d'organisations gérant des colos pour enfants, ou d'écoles qui n'ont qu'une semaine de pause et reprennent les cours la semaine suivante. Je suppose qu'elles sont toutes du coin et que je suis censée les connaître, donc je me contente de hocher la tête.

– Ah oui ! s'exclame-t-il. Il y aura aussi la marche SOS le week-end dans quinze jours.

– SOS ?

– *Save Our Seas*[3]. C'est une marche de sensibilisation dans Santa Monica et le long de la plage, qui se terminera par une grande fête ici, sur notre terrasse. Venez, ajoute-t-il en nous tenant la porte. Je vais vous montrer !

3. « Sauver nos mers ». (NDLT)

WILLA

La terrasse de l'association est assez impressionnante. En bois, courant sur trois côtés du bâtiment, elle donne sur la plage, et une petite guirlande lumineuse entoure la rambarde. C'est *parfait* pour une fête. Je pourrai peut-être y participer, même si je rate tout le reste.

Pour être franche, aider les écoliers, ramasser les ordures sur les dunes ou s'informer sur la préservation de la vie marine semble bien plus le genre d'Alice que le mien. À part le fait qu'elle pourra passer ses journées avec le superbe Jake et profiter de cette terrasse avec vue sur la plage pendant ses pauses, rien ne me fait regretter mon choix pour les deux prochaines semaines.

Enfin, ça et les reproches qu'Alice m'adresse déjà.

– Je croyais qu'on devait « rester nous-mêmes » aujourd'hui ? chuchote-t-elle dès que la porte de notre chambre est fermée.

Maman est au rez-de-chaussée, occupée à commander chinois. La maison est si grande qu'elle ne nous aurait pas entendues parler au milieu de l'escalier, même si elle écoutait, mais Alice est toujours d'une prudence excessive.

Je réponds d'un haussement d'épaules.

– Je me suis dit que, puisque l'occasion parfaite se présentait, il fallait la saisir. Improviser, tu vois ?

– Je crois que je préfère un script à l'impro.

Alice se laisse tomber sur son lit, un bras sur les yeux. Et d'après elle, c'est moi la comédienne !

Je me penche entre nos deux lits.

– Écoute, tout s'est bien passé, non ? (A-t-elle déjà oublié que cet échange était son idée ?) Jake le Canon est convaincu que tu es Willa et ma mère n'y a vu que du feu.

– Jake le Canon ? s'étonne Alice en soulevant son bras pour me lancer un coup d'œil. C'est son nouveau surnom ?

– Ça lui va bien, hein ?

– Oui, je suppose. (Alice n'a sûrement même pas remarqué son physique.) Il m'a agréablement surprise, car il a l'air très impliqué dans l'association. Il croit en leurs actions.

C'est vrai que pour Alice, l'activisme est plus séduisant qu'un beau visage et de magnifiques cheveux.

– Il croit aussi que tu es Willa !

Je saute de mon lit sur le sien pour m'asseoir en tailleur à côté d'elle. Mon amie se couvre de nouveau les yeux avant de rétorquer :

– Parce que tu lui as dit que tu étais Alice.

– Et parce que tu as posé des questions. Tu t'es montrée extravertie… voire charmeuse.

Ce dernier mot la fait se redresser.

– Pas du tout !

– Bon, d'accord, c'est faux. Mais tu pourrais l'être !

– Je suis sûre que non, réplique-t-elle, les joues rouges.

– OK. Tu étais amicale, ce qui est déjà bien ! Tu as eu assez d'assurance pour parler à un garçon plus âgé avec qui tu vas travailler, et qui est par ailleurs canon, et tu n'as pas été une seule fois gênée ou nerveuse, si ?

Parfois, je crois qu'Alice se considère comme une solitaire timide et anxieuse. C'est bien qu'elle prenne conscience que ce n'est pas comme ça que moi, je la vois.

La tête en arrière, en appui sur ses mains, elle cligne des yeux, surprise.

– Oui, tu as raison. Mais c'est seulement parce que je me faisais passer pour toi.

Perso, je pense que c'est plutôt parce qu'ils parlaient de l'association : Alice se soucie de sauver les océans et en connaît un rayon sur la préservation de la vie marine grâce au métier de son père. Enfin, peu importe. Si elle croit vraiment avoir besoin de jouer mon rôle pour faire ressortir cet aspect de sa personnalité, eh bien, c'est l'occasion idéale.

– Et tu vas pouvoir continuer pendant les deux prochaines semaines, je lui rappelle.

– Ouais, c'est vrai, répond-elle d'un ton enjoué.

Une partie de moi se demande si c'est là la véritable raison pour laquelle mon amie a proposé cet échange. Est-ce qu'en fait, elle *veut* reprendre ma place ?

Je me souviens des textos d'Hal, qui me disait qu'Alice était renfermée ces derniers temps. Voire malheureuse. Je lui ai promis de régler ce problème. Et si passer deux semaines avec Jake le Canon ne lui redonne pas confiance en elle, je ne vois pas d'autre solution !

– En tout cas, on s'en est sorties, je reprends. Jake et Darla pensent que tu es Willa, et ma mère n'a rien remarqué. Ajoute à ça le fait qu'on échangera nos vêtements après son départ demain matin, et c'est gagné ! Notre plan va *clairement* marcher.

Alice me rend mon sourire avant de suggérer :

– Alors on ferait mieux de choisir nos tenues tout de suite, non ?

Je saute du lit et me précipite vers la penderie.

– Carrément !

*

Cette tâche nous occupe jusqu'à ce que ma mère nous appelle pour le dîner.

– Qu'est-ce que vous faisiez là-haut, les filles ? demande-t-elle pendant que nous nous servons des nouilles et du riz.

– On choisissait nos tenues pour demain, je réponds, la bouche pleine de rouleau de printemps. On veut faire bonne impression pour notre premier jour de travail !

– Vous devriez choisir une deuxième tenue, déclare Maman en déplaçant la barquette de rouleaux de printemps au bout de la table, loin de moi. (C'est méchant.) J'ai une séance photo demain soir et j'ai pensé que vous aimeriez venir avec moi pour vous faire tirer le portrait ensemble. La photographe est une vieille amie. Ça pourrait être un beau souvenir pour Alice, non ?

– Ce serait génial !

Ça fait une éternité que j'essaie de convaincre ma mère d'accepter que je me constitue un book professionnel ; cette séance sera ce qui s'en rapproche le plus. Et puis, ce serait sympa d'avoir une photo d'Alice et moi ensemble.

– Je ne suis pas sûre d'avoir apporté le bon style de vêtements pour cette occasion, fait remarquer mon amie, les sourcils froncés.

– Pas de problème, je réplique avec un haussement d'épaules. Tu pourras m'en emprunter.

– Ce n'est pas comme si c'était la première fois, ajoute Maman.

Alice et moi échangeons un rapide regard.

Juste après le dîner, je l'entraîne de nouveau à l'étage pour qu'elle essaie quelques-uns de mes habits.

– Tu fais ça avec tes autres amies ? demande Alice en se dandinant pour enfiler mon jean slim préféré. Vous échangez vos vêtements ?

– Oui, avant. Quand j'habitais en Angleterre.

Je lui lance un crop top à paillettes, puis, devant son air dubitatif, un débardeur noir à porter en dessous.

– Je crois que j'étais tellement occupée à travailler sur ma chaîne YouTube et à m'investir dans le club cinéma que je ne me suis pas encore vraiment fait une nouvelle bande de copains, tu vois ?

– Ouais, je vois, répond Alice d'une voix chargée d'émotion. J'avais des amis avant, à Cambridge.

– Et pas à Londres ?

– Nan. Enfin, sauf Hal, et je suis sûre qu'il veille sur moi juste parce que tu le lui as demandé.

Elle me jette un regard méfiant.

– Cette tenue te va bien. (Je désigne le miroir pour qu'elle aille s'admirer.) Bon, tu auras besoin de maquillage à cause de l'éclairage et je te coifferai, mais ça devrait faire l'affaire.

– Tu crois ?

Alice étudie son reflet d'un côté, puis de l'autre.

– Absolument ! j'affirme.

Elle se tourne alors vers moi avec un grand sourire.

– À ton tour !

ALICE

Après m'être endormie en visualisant notre plan pour le lendemain matin, je me réveille paniquée. J'ai rêvé de la terrasse de l'association – je descendais de cette terrasse sur la plage, puis j'avançais tout droit dans la mer. Au début, c'était merveilleux. Mais plus j'avançais, plus les vagues autour de moi étaient remplies de plastique et d'ordures, ainsi que de poissons et d'oiseaux de mer morts, jusqu'à ce que je ne puisse plus bouger.

Assise dans mon lit, j'essaie d'oublier ce rêve et je commence alors à m'inquiéter au sujet du plan. Qu'est-ce qui m'a pris ? C'est trop tard pour faire machine arrière, maintenant.

Il est encore tôt, d'après le réveil en forme d'ananas de Willa. J'ai donc largement le temps de paniquer en silence. Ou alors, peut-être, d'analyser mes sentiments de façon plus productive. Je sors mon journal intime du tiroir où je l'ai caché, puis je choisis une page vierge et trace une ligne verticale au milieu. En haut des deux colonnes, je note : « Trucs géniaux » et « Trucs inquiétants ». (D'autres opteraient pour « Avantages » et « Inconvénients », mais cette solution me convient mieux. En effet, je suis parfaitement capable de trouver inquiétants certains « Avantages ».)

Sans trop réfléchir, je commence à écrire, couchant ainsi sur le papier tout ce qui me trotte dans la tête.

Trucs géniaux

• Aider à protéger le littoral de Santa Monica et toutes les créatures qui y vivent
• En apprendre davantage sur le terrain
• Acquérir de l'expérience dans l'élaboration de brochures et autres
• Participer à la marche de sensibilisation ?
• **Retrouver confiance en moi en étant Willa pendant deux semaines**

Trucs inquiétants

• Travailler à l'association toute seule, sans Willa
• Ne pas passer autant de temps avec elle durant ces vacances que je l'espérais
• Me planter à l'association
• Me ridiculiser devant Jake le Canon (il faut que j'arrête de l'appeler comme ça) et les autres bénévoles
• **Être démasquée**

Je pose mon stylo et fixe mes deux listes. En fait, tout se résume à leur dernier point respectif.

Suivre notre plan me permettra de regagner la confiance en moi que j'avais trouvée l'été dernier. Mais si on se fait attraper… c'est terminé. J'ai promis à Papa de ne pas m'attirer d'ennuis pendant mon séjour. Si Mme Andrews découvre notre ruse, Willa n'aura jamais le droit de venir me voir à Londres.

Je regarde mon amie, encore endormie dans son lit. Que mettrait-elle sur ses listes ? Sa colonne de « Trucs géniaux » serait remplie de toutes les choses formidables qu'elle compte accomplir sur le tournage, tandis que celle des « Trucs inquiétants » serait vide. Willa se concentre toujours sur les bénéfices et les opportunités plutôt que sur ce qui risque de mal tourner. Je devrais peut-être essayer ça pour changer.

Et si, pour une fois, tout se passait comme prévu et qu'à la fin des vacances, j'étais de nouveau celle que je voudrais être ? Je pourrais rentrer à Londres et raconter mes aventures californiennes. Voire me faire de nouveaux amis. Ça en vaudrait la peine, non ?

Après avoir refermé mon journal intime, je fixe les deux tenues que Willa a choisies pour nous.

Malgré nos différences, nous sommes amies. Et chacune de nous fait ressortir chez l'autre un aspect de sa personnalité qui ne verrait pas le jour autrement. Grâce à moi, Willa a passé du temps à *planifier* cette aventure. Et grâce à elle… j'aurai le courage d'aller jusqu'au bout.

*

– On arrive là-bas, on dit au revoir à ma mère, puis on fonce aux toilettes, me chuchote Willa à l'oreille lorsque nous descendons de la voiture de Mme Andrews.

Comme si nous n'avions pas déjà passé notre plan en revue huit fois ce matin. Apparemment, je ne suis pas la seule à être un peu stressée.

– Compris, je réponds dans un murmure.

Après avoir verrouillé les portières, Mme Andrews traverse avec nous le parking jusqu'au bâtiment de l'association. Contrairement à hier, la porte d'entrée est grande ouverte, laissant entrer la brise marine, et j'entends des rires et des conversations. Le nœud dans mon estomac se resserre aussitôt.

– Bon, les filles, vous connaissez les règles aujourd'hui. Faites tout ce que vous demandent Darla et ses employés, ne causez pas de problèmes, puis retrouvez-moi ici en fin d'après-midi, à temps pour la séance photo. Quand vous avez terminé vos heures de bénévolat, vous n'avez le droit de traîner que sur la plage. D'accord ?

Nous acquiesçons en silence. Mme Andrews a l'air méfiante, alors je souris. Willa aussi.

Notre réaction n'arrange rien. Sa mère fronce les sourcils et rouvre la bouche, sûrement pour nous donner des instructions encore plus précises – ou nous menacer.

Heureusement, c'est à ce moment précis qu'apparaît Darla.

– Willa, Alice, vous êtes là ! Génial. Entrez donc, on va s'occuper de vous.

– À plus tard, Maman ! lance mon amie avant d'embrasser sa mère sur la joue.

Pour ma part, je garde la tête baissée. Nos visages se ressemblent assez, mais mieux vaut ne pas y regarder de trop près. Il faut juste que Darla, et tous les autres, supposent que celle habillée en rose vif et orange est Willa.

– À plus tard, réplique Mme Andrews. Au revoir à toi aussi, Alice.

Je lui fais signe de la main. Quand je me retourne, Willa est déjà au milieu du couloir, Darla sur ses talons.

– Au fait, je peux aller aux toilettes d'abord ? s'enquiert-elle, sans un regard en arrière, en arrivant devant celles que Jake nous a indiquées pendant notre visite guidée de la veille.

– Bien sûr, répond Darla.

– Moi aussi, j'ajoute avant de me glisser par la porte derrière Willa.

À l'intérieur des toilettes, nous nous dévisageons.

– On va vraiment le faire ? je demande pour la centième fois.

Mon amie m'adresse un grand sourire et commence à se déshabiller.

– Allez ! Donne-moi ton short. Après, je te coifferai.

Quelques minutes plus tard, nous rejoignons Darla. Désormais, je suis Willa. Son combishort me démange un peu à la taille et j'ai peur de ne pas arriver à reproduire le léger accent américain qu'elle a pris en neuf mois, mais il est trop tard pour penser à tout ça maintenant.

Je sais que ce sera plus facile après son départ, quand je serai la seule nouvelle ici. Tout le monde supposera simplement que je suis Willa – car qui pourrais-je être d'autre ?

– Prête ?

– C'est parti, je réponds avec mon plus beau sourire à la Willa.

Que le spectacle commence !

WILLA

J'essaie de ne pas consulter ma montre – enfin, celle d'Alice – trop souvent tandis que Jake nous confie notre première tâche : compiler des kits d'information pour les journées pédagogiques, adaptés aux tranches d'âges, plus amusants pour les colonies de vacances et plus éducatifs pour les groupes scolaires de la semaine suivante. (J'ai un peu de peine pour les enfants qui n'ont qu'une semaine de vacances au printemps ; habituée aux quinze jours à Pâques en Angleterre, je me serais certainement plainte si nous avions eu une seule semaine au lycée St Saviour.)

J'ai du mal à me concentrer. L'exercice est vraiment barbant et je sais que Matty va venir me chercher d'un moment à l'autre. J'ai dû user de persuasion pour le convaincre que ça valait le coup de faire un détour par l'association pour moi – si je suis en retard, je doute qu'il m'attende.

Ce premier jour va être le plus difficile. Heureusement, Maman finit de travailler juste avant l'heure du dîner, alors avec un peu de chance, je serai de retour du tournage avant qu'elle nous récupère pour la séance photo. Nous lui avons déjà donné nos tenues et ma trousse de maquillage, et nous avons prévu de manger sur le pouce en chemin.

Alice a apporté un roman et son guide de Los Angeles ; elle compte aller explorer la jetée de Santa Monica quand elle aura terminé ses heures de bénévolat. Nous aurons juste besoin d'un peu de temps pour rééchanger nos tenues avant l'arrivée de ma mère.

– Eh bien, c'est vraiment une façon *passionnante* d'occuper ses vacances de printemps, je lance une fois seule avec Alice dans la suite pédagogique, après le départ de Jake.

Ce dernier est assurément canon, mais, d'après ce que j'ai pu voir pour l'instant, bien trop gentillet pour moi. Surtout s'il croit que tout le monde s'amuse avec ces brochures. En revanche, je pense qu'il serait parfait pour Alice.

Je prends le premier dépliant, où figure la photo d'un sac plastique flottant dans l'océan. Le suivant montre des poissons morts alignés sur le sable. Et le troisième, un graphique indiquant la durée de biodégradation des objets du quotidien (spoiler : certains ne sont pas biodégradables).

– Hmm ? fait Alice en levant les yeux des brochures, dont elle lit à l'évidence chaque mot avec une intense concentration. Ouais, c'est super, hein ?

Sa voix est dénuée de sarcasme. À part Jake, il n'y a qu'Alice pour trouver que trier des dépliants déprimants sur l'avenir de la planète est une manière agréable de passer ses vacances.

– Matty sera bientôt là, j'annonce en consultant de nouveau ma montre. Il faut que j'aille l'attendre dehors. (Cette dernière phrase retient l'attention de mon amie.) Tu vas t'en sortir ici ?

– Bien sûr, répond-elle avec un sourire poli. C'est le plan, non ?

– Ouais. Écoute, je t'enverrai un texto quand je serai sur le chemin du retour. Et Jake sera sûrement ravi si tu décides de rester plus tard dans l'après-midi pour trier des brochures, si tu ne veux pas aller à la jetée toute seule.

Un horrible sentiment s'insinue en moi. Je crois que c'est de la culpabilité.

Je la chasse aussitôt. Après tout, Alice a accepté de m'aider.

– Alors, qu'est-ce que tu vas raconter à Jake ? je demande.

– Facile : « Alice » s'ennuyait et a décidé d'aller explorer la jetée, puisque c'est la première fois qu'elle vient à Los Angeles et qu'elle ne veut pas passer toutes ses vacances coincée ici.

– Parfait !

Elle réussit même à lever les yeux au ciel, comme moi hier quand je l'ai briefée sur ce qu'elle devait dire.

Finalement, elle n'est peut-être pas une si mauvaise comédienne.

Je me lève d'un bond. Alice m'imite et me serre rapidement dans ses bras.

– Bonne chance pour le film !

– Et toi, bonne chance pour… les brochures !

Je lui adresse un dernier sourire avant de sortir.

*

Comme prévu, Matty m'attend sur un parking quelques rues plus loin.

– T'es prête ? demande-t-il lorsque je grimpe sur le siège passager. N'oublie pas, ma réputation est en jeu. Je leur ai assuré que ça valait le coup de miser sur toi, alors ne me déçois pas. Pigé ?

– À cent pour cent.

C'est l'occasion pour moi d'assister à la création d'un film. Et je suis convaincue que mon documentaire sur les coulisses du tournage remportera un grand succès sur ma chaîne.

– Tout le monde a bien accepté d'être filmé ?

Matty acquiesce en s'engageant dans la circulation paresseuse de Los Angeles. Je n'en reviens toujours pas du temps qu'il faut pour se rendre *n'importe où* dans cette ville. Au moins, pendant que nous avançons au ralenti, je profite de la vue sur l'océan.

– Fran a bien aimé ton montage vidéo de la flash-mob. Elle est d'accord pour que tu filmes, et elle trouve même sympa de garder un souvenir du tourn…

– Super !

– *Mais*, poursuit Matty, tout ça, c'est à condition que ça ne perturbe pas ton travail d'assistante de production, d'accord ? On bosse en effectifs réduits sur ce film. C'est la seule raison pour laquelle tu as pu intégrer l'équipe. Les autres ont déjà tourné leur projet – affreusement banal – avant les vacances.

– Je suis au courant.

J'ai essayé d'y participer aussi, en vain.

– Donc tout le monde doit y mettre du sien. Tu as compris ?

– J'ai compris, je confirme d'un ton solennel.

Tant que personne ne compte sur moi pour perdre mon temps à des tâches sans importance, alors que j'ai mon *propre* film à réaliser. Jenn est là pour ça, non ?

À notre arrivée au parc, à mi-chemin entre Santa Monica et chez moi, les autres sont déjà là. Matty allonge le pas à leur vue et je trottine pour le rattraper.

– Matty ! Te voilà enfin ! On commençait à se poser des questions.

Une fille aux épaisses boucles noires range son téléphone dans la poche arrière de son jean slim et serre mon ami dans ses bras. Je la reconnais aussitôt : c'est Fran Levine, notre réalisatrice. Mon cœur s'emballe un peu à l'idée de collaborer avec elle pour de vrai.

– Désolé, Fran. La circulation était infernale. Et j'ai dû aller chercher ton assistante de production à la plage de Santa Monica.

Fran se tourne vers moi en haussant un sourcil parfaitement dessiné. Elle porte un débardeur ample orné d'un slogan délavé sur un haut noir moulant – un style simple et décontracté qui, pourtant, donne l'impression qu'elle sort d'un défilé de mode.

– Alors c'est toi, la fille qui a perturbé les exams avec sa flash-mob, hein ?

– Willa. (Je lui tends la main, en espérant qu'elle ne soit pas trop moite.) Merci de m'avoir acceptée dans l'équipe. J'ai adoré ton court-métrage sur…

– Essaie juste de suivre le rythme, OK ? me coupe-t-elle en me serrant la main, sa paume douce et fraîche contre la mienne. Et quand je te dis de sauter…

– Je demande de quelle hauteur, je conclus d'un ton convaincu, sûre de mon coup.

Le sourcil de Fran se rapproche encore un peu plus de ses cheveux.

– Tu sautes, me corrige-t-elle. On n'a pas de temps à perdre avec des questions. On a un film à réaliser. Jenn !

Elle pivote brusquement sur ses talons pour faire signe à la petite amie de Matty, qui accourt vers nous.

– Tu peux montrer les lieux à Willa, la présenter à tout le monde ? Matty, Tyler est en train d'installer le matériel là où on va tourner…

Elle n'a pas terminé sa phrase que Matty a déjà traversé la moitié du parc. Apparemment, on ne traîne pas quand Fran donne un ordre.

– Bon, suis-moi, lance Jenn avec un manque évident d'enthousiasme.

Peu importe, car j'en ai assez pour deux. Alors que nous parcourons le parc, je reconnais deux terminale occupées à se faire coiffer et maquiller par un autre, pendant que Matty et Tyler installent la moitié du matériel vidéo et lumière du lycée. Un autre garçon et une fille, assis dans le genre de fauteuils que j'ai déjà vus sur de vrais plateaux de tournage, ont la tête penchée sur un script. Ils discutent sans doute de la scène que nous allons filmer.

– C'est Finn et Kat, m'indique Jenn en désignant le couple. Nos vedettes. Les deux à la coiffure et au maquillage, c'est Polly et Bethany, et celui qui les maquille, Derek. Il est aussi responsable des costumes.

Je les salue tous de la main. Seul Derek me répond d'un geste de son pinceau, d'où s'envole de la poudre.

Jenn s'arrête à côté d'un chariot métallique peint en turquoise vif.

– Ça, c'est le chariot d'accessoires. Il est sous ma responsabilité, mais si quoi que ce soit disparaît, je rejetterai la faute sur toi.

Je me fige, perplexe, tandis que Jenn poursuit déjà son chemin.

– Attends… quoi ? je demande en lui courant après.

Sans tenir compte de ma question, elle continue en énumérant les autres fonctions de l'équipe sur ses doigts.

– Matty est notre directeur photo et notre repéreur. Tyler est l'électricien… Ça veut dire qu'il gère l'éclairage.

– Je sais ce qu'est un électricien, je réplique avec mauvaise humeur.

– C'est aussi notre machiniste. Lara est responsable du son, ajoute-t-elle lorsque nous passons devant une fille avec un gros casque qui ne nous prête aucune attention. Et Fran est notre cheffe bien-aimée. Ou réalisatrice, en somme.

– Et toi, tu es assistante de production, comme moi, je précise avec un doux sourire pour lui rappeler qu'elle n'est pas *réellement* ma supérieure sur ce projet.

– Assistante de prod, accessoiriste et assistante caméra, me corrige Jenn, sur la défensive.

À mon avis, elle occupe ce dernier poste uniquement parce qu'elle sort avec le directeur de la photographie. Enfin, maintenant, je comprends mieux la rumeur qui voudrait qu'elle ne soit là que pour garder un œil sur Matty et Fran. Fran est tellement plus cool qu'elle.

– Jenn ! Il nous faut ces cafés tout de suite ! crie la réalisatrice.

Jenn se précipite aussitôt vers un stand de boissons en bordure du parc.

Je reporte alors mon attention sur la véritable action. Pendant ma visite guidée, les autres préparaient leur première scène. Matty tient sa caméra prête et Lara indique d'un signe de tête que le son est bon. Quant à Finn et Kat, ils sont déjà en position devant l'unique fontaine du parc. Je frissonne tandis que tout le monde attend en silence.

Soudain, Fran crie :

– Action !

Et à cet instant précis, je sais que je suis à ma place.

ALICE

– On a déjà perdu Alice ? demande Jake en revenant dans la suite pédagogique pour m'aider avec les brochures. J'ai l'impression qu'elle n'était pas emballée à l'idée de passer ses vacances ici.

– Eh bien, ce n'est sans doute pas ce qu'elle avait en tête, je réplique avec un sourire forcé.

C'est tellement bizarre de parler de moi à la troisième personne. Encore plus bizarre que d'être assise là dans les vêtements de Willa, à bavarder avec Jake comme si je discutais tout le temps avec des garçons mignons plus âgés.

La dernière fois que j'ai essayé d'impressionner ce genre de type, ça s'est mal passé. Jake ne ressemble pas vraiment à Antonio, pour qui j'ai eu un douloureux coup de cœur l'été dernier. Et il a beau être mignon, je n'ai pas ce nœud à l'estomac ni ces rougissements incontrôlables. Mon pouls garde même un rythme normal. C'est une victoire incontestable.

Malgré tout, j'apprécie Jake, son implication dans l'association et à quel point il semble décontracté par ailleurs. J'espère qu'on pourra devenir amis.

– C'est dommage, commente-t-il. Bon, je sais que tu es *obligée* d'être là, mais ça fait toujours plaisir de rallier quelqu'un de nouveau à la cause. Je n'ai pas dû beaucoup impressionner Alice avec ma visite guidée d'hier.

En réalité, Jake a énormément impressionné Willa – seulement, elle a d'autres priorités, que je ne peux pas lui révéler.

– Alice n'est pas trop du genre à s'impliquer dans des choses autres que… ses centres d'intérêt principaux.

Pff, je déteste parler de moi ainsi, même s'il s'agit bien sûr de Willa. Donner l'impression d'être peu fiable me pèse, alors qu'en fait, c'est moi qui travaille ici ! Et je me sens d'autant plus coupable que Willa sait s'impliquer – simplement pas dans cette association.

– L'activisme n'est pas fait pour tout le monde, concède Jake. Les gens jurent qu'ils se soucient de la planète, de l'environnement, des océans et des forêts tropicales… mais les mots ont leurs limites. C'est quand on est prêt à passer à l'action que les choses bougent.

– Comme on disait hier, l'essentiel, c'est d'être nombreux à changer quelques-unes de nos habitudes, plutôt qu'une poignée à tout faire à la perfection.

J'aime beaucoup cette idée, savoir que ce sont les petits ruisseaux qui font les grandes rivières – et que je ne suis donc pas obligée d'être tout le temps parfaite. Je dois juste persévérer, dans l'activisme écologique et dans la vie.

– On peut par exemple éliminer les plastiques à usage unique, je poursuis en pensant à Mabel, qui fait à présent ses courses dans un magasin qui la laisse remplir ses propres contenants au lieu d'en acheter de nouveaux à chaque fois.

– Exactement ! s'exclame Jake, ravi. Aucun de nous n'est parfait mais, au moins, on essaie. D'ailleurs, on va préparer une nouvelle présentation sur le sujet, pour les visites scolaires du prochain semestre. Tu pourrais peut-être nous aider, si tu veux ?

– J'aimerais bien.

Willa n'aurait pas voulu, je le sais, seulement elle n'est pas là. Moi, si.

– Super ! Et maintenant, si je te montrais sur quoi travaille vraiment l'Association de protection du littoral ?

*

J'ai hâte de voir ce que Jake a prévu de me montrer. Et quand il fait un détour par le bureau de sa mère pour la prévenir que nous sortons, je suis encore plus curieuse.

– Bon, je sais que tu vis à Los Angeles depuis un moment, mais est-ce que tu as passé beaucoup de temps ici, sur la plage de Santa Monica ? demande-t-il en ouvrant le portail de la terrasse qui donne sur la plage en question.

Rien que de sentir le sable glisser et s'enfoncer sous mes baskets, je me sens déjà mieux.

– Pas autant que j'aurais dû, je réponds en toute franchise.

Le bord de mer est mon endroit préféré au monde, depuis toujours.

– Alors laisse-moi te montrer le coin, lance Jake, rayonnant. Tu veux appeler Alice pour voir si elle a envie de nous rejoindre ?

– Euh… oui.

Avec un sourire forcé, je cherche mon téléphone dans ma poche. Après l'avoir orienté pour qu'il ne voie pas l'écran, je fais semblant d'appeler Willa, puis je colle le portable à mon oreille.

« Répondeur », j'articule en silence à l'adresse de Jake avant de parler dans le micro du téléphone.

– Salut, Alice. Je viens aux nouvelles. Avec Jake, on va se promener un peu sur la plage. Si tu écoutes ce message à temps, rappelle-moi et on verra si on peut se retrouver.

Le cœur battant la chamade, je range mon téléphone dans la poche de mon combishort.

– Son portable capte super mal ici, je mens. Allons-y.

Les bureaux de l'association sont situés à l'extrémité sud de la plage de Santa Monica. Grâce à mon guide, je sais qu'elle s'étend sur près de six kilomètres. La parcourir à pied va donc nous prendre du temps. Mais je suis contente d'être là, avec le soleil qui me chauffe les épaules et le clapotis des vagues sur le sable.

– Ce côté-ci de la plage est le plus proche de la ville, explique Jake en chemin. On peut passer directement de la rue à la plage. C'est d'ailleurs ce que font les gens.

– Je vois ça.

En regardant autour de moi, je constate que le sable est couvert de gens en maillot de bain, avec leurs serviettes et leurs planches de surf. J'aperçois aussi des joggeurs, des promeneurs et un type en costume au téléphone.

– Il y a une piste cyclable qui longe la côte sur plus de trente-cinq kilomètres, poursuit Jake en désignant une voie où approchent justement deux cyclistes. Et près de la jetée, c'est la fameuse Muscle Beach.

J'écarquille les yeux à la vue de tous ces gens qui font du sport sur la plage. Difficile d'imaginer la même scène sur le sable d'Hunstanton.

Nous contournons la célèbre jetée de Santa Monica dont parlait mon guide – et où j'avais prévu de passer l'après-midi en attendant Willa. Je regarde la grande roue et les montagnes russes qui se détachent sur le ciel d'un bleu vif. En entendant les cris, les rires et la musique, je me demande un instant si je devrais suggérer une halte. C'est ce qu'aurait fait la vraie Willa, je le sais. Mais Jake ne propose pas de s'arrêter. En plus, c'est la plage, pas la jetée, qu'il veut me montrer.

Il poursuit donc son chemin vers le nord. Nous marchons tantôt sur le front de mer, tantôt sur le sable. Je retire mes chaussures et mes chaussettes, que je garde à la main, pour savourer la sensation des grains chauds sous mes pieds et entre mes orteils.

Plus nous avançons, plus je me sens loin de la ville. Du côté sud de la plage, nous n'étions qu'à un pas des rues animées de Santa Monica, tandis qu'au nord, un promontoire, Palisades Park, s'élève juste au bord du sable, nous séparant ainsi de la ville. Bien sûr, il y a toujours une grande route tout près. On reste à Los Angeles. Même moi, je sais que la voiture est reine ici.

Mon regard alterne entre les palmiers, les hôtels et les véhicules qui filent à toute vitesse d'un côté, et la mer de l'autre. De temps en temps, nous passons devant un poste de surveillance peint en turquoise clair, avec une camionnette rouge et jaune garée à proximité.

– J'ai un peu l'impression d'être dans une série télé.

– Je vois ce que tu veux dire, avoue Jake en riant. Des scènes sont parfois filmées ici, mais les équipes de tournage privilégient les plages moins bondées.

– Logique. (Nous poursuivons notre chemin.) Ce matin, j'ai lu dans une des brochures que l'eau autour de la jetée de Santa Monica n'est pas… super.

– C'est un euphémisme, réplique Jake avec une grimace.

Il se penche pour ramasser sur le sable un emballage de sandwich en plastique et le lance dans la première poubelle que nous trouvons.

– Pareil pour la plage même…, poursuit-il. Je ne comprends pas comment les gens peuvent jeter ces déchets.

– Moi non plus.

– Certaines choses bénéfiques pour l'environnement sont plus difficiles à faire… ou à abandonner.

– Comme les burgers de ton stand préféré ?

Il hoche la tête.

– Et prendre l'avion pour les vacances ou se déplacer à Los Angeles en voiture. Mais les gestes simples, par exemple jeter ses ordures à la poubelle ou apporter son propre gobelet au café ? Je ne comprends pas pourquoi on n'y arrive pas tous.

– Je suis venue ici en avion… quand on a emménagé, je m'empresse d'ajouter. (C'est si facile de parler avec Jake des sujets qui comptent pour moi que j'ai failli oublier que j'étais censée être Willa.) Je vais peut-être rééquilibrer ma balance karmique avec mon bénévolat pour l'association, non ?

– Oui, j'imagine, répond-il en me lançant un regard en coin. Je sais que tu n'es censée travailler que quelques heures par jour, mais on a prévu de nettoyer la plage mercredi soir, si tu veux nous donner un coup de main ?

Je lui souris. J'ignore ce que Willa a prévu mercredi. Seulement, c'est là quelque chose qui m'importe.

– Avec plaisir !

WILLA

Le plus étrange dans le fait de travailler sur ce film – qui s'appelle *D'un temps à l'autre* –, c'est de ne pas être responsable. De quoi que ce soit.

Jusqu'à présent, la majorité de mes expériences de tournage s'est déroulée en solo, ou en partageant la réalisation et le cadrage avec quelqu'un d'autre, Matty par exemple. Ici, en revanche, je dois simplement obéir aux ordres. Ce qui n'est pas mon point fort, tous ceux qui me connaissent le savent.

Malgré tout, je suis totalement disposée à faire des efforts pour avoir l'occasion de collaborer avec Fran Levine. Travailler sur un projet collectif implique, bien sûr, la présence de beaucoup plus de gens sur le plateau. Ce qui m'arrange, car j'ai ainsi davantage de personnes à interroger sur leurs rôles dans le film – de préférence devant ma caméra pour pouvoir utiliser leurs témoignages dans mon documentaire.

Mais pour mon premier jour, celle que j'ai le plus envie de suivre, c'est Fran. Or il est difficile de tenir son rythme. Elle bouge tout le temps, semble être partout à la fois, et rien ne lui échappe. Un instant, elle est derrière la caméra avec Matty pour contrôler le cadrage d'un plan ; la seconde d'après, elle donne des indications de jeu à Finn et Kat ou modifie la mise en scène, avant de vérifier un détail sur un costume avec Derek. Je lui cours après en notant tout ce qu'elle dit, même les remarques sans importance.

Au bout d'une heure sur le tournage, je suis sûre d'une chose : quand je serai en terminale, je veux être Fran Levine. Elle respire l'assurance et la compétence. Les autres l'écoutent et lui obéissent, car ils savent qu'elle est douée. C'est ce que je veux, moi aussi.

– Bon, on reprend la scène depuis le début, lance Fran en tapant dans ses mains.

Tout le monde se précipite à son poste.

– Tu es censée m'aider, je te signale, marmonne Jenn en me dépassant en hâte pour déplacer des accessoires.

– J'assiste la réalisatrice, je rétorque d'un ton assuré. Je suis certaine qu'elle me le dirait si elle voulait que je fasse autre chose.

– Willa ! crie Fran. Débarrasse ces tasses de café !

Je cours lui obéir.

Ne demande pas de quelle hauteur, contente-toi de sauter. Voilà la règle.

Je prends les gobelets en plastique – Alice n'approuverait pas – pour les jeter dans la poubelle la plus proche.

– Scène dix, troisième ! annonce Jenn en faisant claquer le clap avant de sortir du cadre.

Finn et Kat attendent quelques secondes pour se mettre à jouer et déclament des répliques que nous connaîtrons tous par cœur avant la fin de la journée.

– Je t'ai vue à l'autre bout du parc, plongée dans ta lecture, déclare Finn, déjà dans la peau de son personnage. J'étais obligé de venir te demander ce que tu lis.

– C'est un livre de ma grand-mère, répond Kat en le soulevant pour le lui montrer. *De retour du paradis*, de Béa… Béatrice… Pardon, Beatrix…

– Coupez ! hurle Fran. On recommence.

Nous reprenons donc une nouvelle fois.

Entre deux prises, pendant que la réalisatrice fait répéter à Kat le nom « Beatrix Frost » en boucle, je consulte la liste des plans de la journée. Il est rare de tourner les scènes d'un film dans l'ordre du script. Fran et son équipe ont ainsi établi un planning pour rentabiliser au mieux le temps de tournage dans les différents lieux. Après une première journée au parc, nous serons quelques jours au lycée, puis à Santa Monica pour la deuxième semaine de tournage. Ce qui signifie que nous n'avons qu'aujourd'hui pour filmer toutes les scènes situées dans le parc ; si Kat n'arrive pas à réciter correctement ses répliques, ça risque d'être long…

Le planning de tournage est exigeant. Pourtant…

Je prends un instant de recul pour m'imprégner de la situation. Me voilà dans un parc de Los Angeles, entourée de routes bondées, de palmiers et de l'animation de la ville. Des gratte-ciel se dressent au-dessus de ma tête et de l'herbe sèche craque sous mes pieds, le tout éclairé par le soleil californien. Et je suis en train de tourner un film.

Je souris alors même que Fran crie de recommencer la scène pour la cinquième fois.

*

Quand nous avons enfin terminé notre journée, je sais que ça va être serré pour que j'arrive à l'association avant que Maman vienne nous chercher pour la séance photo. Impatiente, je danse d'un pied sur l'autre en attendant que Matty et Jenn finissent de ranger les caméras, puis je m'agite sur la banquette arrière de la voiture jusqu'à Santa Monica…

Tout ça pour découvrir qu'Alice n'est pas là. Jake non plus.

– Désolée, Alice, je crois que Willa et Jake sont partis se promener sur la plage, m'informe Darla avec un sourire compatissant. Ils vont bientôt revenir, j'en suis sûre.

Super. Voilà que je me suis fait poser un lapin par moi-même.

J'arpente la terrasse en attendant leur retour, la veste à capuche rouge d'Alice serrée sur ma poitrine. Si ma mère débarque avant que nous ayons eu le temps de rééchanger nos tenues, elle saura avec certitude qu'il se trame quelque chose. À quoi joue donc Alice ?

Je les vois finalement approcher sur la plage, une glace à la main. Je sais quand mon amie m'aperçoit, car elle se tourne aussitôt vers Jake pour lui adresser quelques mots, puis elle engloutit la fin de son cornet et court vers la terrasse.

– Elle est arrivée ? s'enquiert-elle, à bout de souffle.

– Pas encore, je réponds d'un ton où perce l'agacement. Viens !

Je l'entraîne vers les toilettes, où nous nous changeons avant de nous précipiter dehors juste au moment où Maman se gare sur le parking.

Je voudrais demander à Alice où elle était passée et à quoi elle pensait, seulement je ne peux pas – pas en présence de ma mère. Malgré tout, puisque nous devons faire comme si nous avions toutes les deux passé la journée ici, j'ai droit au récit de sa longue promenade romantique sur la plage avec Jake le Canon. (Elle affirme qu'ils ont parlé des déchets et de la pollution marine, mais, quand je les ai vus, ils mangeaient une glace en riant.) Quand je raconte ma journée à Maman, j'agrémente cette histoire de balade avec des choses que j'ai faites la dernière fois que je suis allée à la jetée de Santa Monica avec des amis. De cette façon, on dirait que j'y étais, moi aussi.

– Au fait, il y a un nettoyage de la plage mercredi soir, ajoute Alice lorsque j'ai terminé. Jake en a parlé… J'aimerais bien y participer, si c'est possible ?

Je la fixe, les yeux écarquillés, comme pour dire : « Quel nettoyage de plage ? » Discuter de ce genre d'imprévu entre nous d'abord faisait partie du plan, non ? Trop tard : ma mère trouve déjà cette idée « lumineuse ».

– On peut toutes y participer ! s'exclame-t-elle, rayonnante. Ce sera super de passer du temps avec vous, les filles, pour la bonne cause en plus. D'ailleurs, vu que je finis de tourner plus tôt mercredi, je vous rejoindrai là-bas !

– Génial ! je lance avec un enthousiasme feint.

Manifestement, c'est réussi.

– Alors ce bénévolat ne se passe pas si mal pour l'instant ? demande Maman. Ça fait plaisir de vous voir toutes les deux aussi emballées.

– Ça pourrait être pire, je réplique. Trier des brochures n'était pas très excitant, mais tu sais que j'adore la jetée.

– C'est tout toi de trouver un moyen de t'amuser même quand tu es punie, raille ma mère. (Elle sourit, donc je crois que ça ne la dérange pas trop.) Allez, on va dîner avant de se faire belles pour nos photos !

ALICE

Je vois bien que Willa m'en veut d'être arrivée en retard et d'avoir accepté ce nettoyage de la plage sans la prévenir, mais impossible de lui parler, puisque nous ne sommes pas seules. Et puis elle semble se dérider à la perspective de la séance photo.

Après avoir pris des burgers et des frites à emporter dans un *drive*, nous traversons la ville jusqu'au studio de la photographe.

– Jacinta est adorable, confie la mère de Willa pendant que nous sommes coincées dans les embouteillages. Elle vous met vraiment à l'aise quand elle vous tire le portrait. Je pense que ça va beaucoup vous plaire.

Moi qui ai l'habitude de me cacher dès qu'on sort un appareil photo, j'en suis moins sûre. Mais j'essaie de quitter ma zone de confort à Los Angeles, alors je suis prête à tenter l'expérience.

Jacinta nous accueille à la porte. Elle serre Mme Andrews et Willa dans ses bras, puis m'adresse un grand sourire avant de décider de m'enlacer, moi aussi.

– Ma parole, vous vous ressemblez effectivement comme deux gouttes d'eau, hein ? lance-t-elle en nous invitant à entrer.

Je dissimule mon amusement. Y a-t-il une seule personne à qui Mme Andrews n'ait pas parlé de notre échange de l'été dernier ? Elle avait beau être furieuse à l'époque, c'est de toute évidence une histoire qu'elle adore raconter. Je crois qu'elle est même secrètement un peu fière de sa fille pour avoir réussi ce coup.

Willa et moi sommes conduites dans un vestiaire, pendant que Jacinta aide Mme Andrews à choisir sa tenue avant de la confier à la maquilleuse.

– Allez, on va te rendre toute pimpante ! s'exclame Willa en sortant avec jubilation les vêtements du sac que sa mère nous a laissé.

J'enfile le jean slim, le débardeur et le crop top pailleté que nous avons choisis hier. Ils rendaient bien dans son miroir, mais, maintenant que je ne suis plus à l'abri dans sa chambre, je n'en suis plus aussi sûre. Les paillettes, ce n'est pas un peu trop ?

Puis je me tourne vers mon amie. Quand je la découvre avec son pantacourt à sequins et son haut à bretelles en dentelle sous un petit gilet duveteux, je me dis que ma tenue est sûrement adaptée – à Los Angeles, avec Willa.

– Bon, assieds-toi là. Je vais te coiffer et te maquiller.

Elle m'entraîne vers un fauteuil devant un miroir entouré d'ampoules, sa trousse de maquillage à la main.

J'essaie de ne pas me crisper lorsqu'elle approche pinceaux et éponges de mon visage. Je ne suis pas du genre à beaucoup me maquiller et nous avons convenu que, pour cette semaine, le minimum serait la meilleure solution pour toutes les deux. Or voilà que Willa sort le grand jeu.

– Alors, commence-t-elle en appliquant de la poudre sur mon front, on va nettoyer la plage ?

Je grimace : je savais qu'elle ferait un commentaire à ce sujet.

– Désolée, mais c'est important ! Et je ne pensais pas que ta mère voudrait qu'on y aille toutes les trois.

Elle balaie mes excuses de son pinceau à maquillage.

– Tout se passera bien. Il faudra juste que je m'assure d'être revenue avant qu'elle arrive. On pourra porter la même tenue ce jour-là pour ne pas avoir à se changer, et garder nos distances avec ma mère pour qu'elle n'entende pas Jake t'appeler Willa.

– Ouais, c'est… une bonne idée.

A-t-elle deviné que je n'avais pas réfléchi à ce problème ? Ce qui ne me ressemble pas. Je grimace. Je ne peux pas me laisser distraire comme ça !

– Bref. Comment s'est passé le tournage ?

– Et toi, ta journée avec Jake le Canon ? réplique Willa, les sourcils haussés devant le miroir éclairé.

– Je t'ai déjà raconté ce qu'on a fait tout à l'heure. Maintenant, je veux tout savoir sur le film.

– Je ne sais pas si on peut vraiment appeler ça un film, admet-elle. Ce n'est qu'un court-métrage. Enfin, c'était trop cool de voir la préparation et les différentes tâches à accomplir. Bien sûr, j'ai lu des articles sur le sujet et regardé des making of sur YouTube, ce genre de choses. J'ai même embarqué un ami ou deux pour me donner un coup de main sur quelques-uns de mes films. Mais ce projet… J'ai conscience que c'est juste un film amateur, à petit budget en plus. Pourtant, on aurait dit du grand cinéma, tu vois ?

Je lui adresse un sourire dans la glace tandis qu'elle approche une brosse à mascara de mes cils.

– Ça a l'air génial ! Parle-moi des gens avec qui tu travailles.

Après un rapide compte-rendu sur les acteurs et l'équipe, elle semble surtout vouloir s'extasier sur Fran et se plaindre de Jenn. Et apparemment, elle a beaucoup de griefs.

Quand Willa me parle du chariot d'accessoires, je suggère, sceptique :

– Elle essaie sûrement de faire de son mieux. Ou elle plaisantait. Comment ça peut être ta faute si quelque chose disparaît alors qu'elle t'a expliqué que ce chariot était sous sa responsabilité ?

– Elle ne plaisantait pas, rétorque Willa d'un ton sombre en brossant mes cils un peu trop vigoureusement. Elle ne veut pas de moi sur ce tournage. Ce qui m'est égal, parce que je ne veux pas d'elle non plus, ajoute-t-elle d'une voix un peu plus enjouée.

J'éclate de rire.

– Et ton documentaire sur les coulisses ? Tu as pris de bonnes images ?

– Non, soupire-t-elle. J'étais tellement occupée à courir partout pour déplacer des accessoires ou tenir un projecteur que je n'ai pas eu le temps de filmer quoi que ce soit.

– Demain sera un jour meilleur, j'en suis sûre.

– Je croyais que, de nous deux, c'était moi l'optimiste ?

– J'ai passé la journée dans ta peau. Ton caractère a dû déteindre un peu sur moi.

– Vous êtes prêtes, les filles ? (La porte s'ouvre et Jacinta glisse la tête dans le vestiaire.) Parce que j'ai hâte de vous tirer le portrait !

Je ne sais pas trop quoi attendre d'un vrai shooting – je n'ai jamais posé que pour des photos de classe. Lorsque Jacinta nous fait entrer dans son studio, je souris à la vue du canapé en velours bleu électrique et des cartons remplis de chapeaux originaux, de lunettes et de pancartes.

– J'ai pensé qu'on pourrait se détendre d'abord, suggère-t-elle en attrapant son appareil avant de désigner les cartons. Alors amusez-vous !

Willa pousse un cri de joie, puis commence à sortir des accessoires et m'en donne quelques-uns. Je choisis une paire de lunettes de soleil géantes en riant, tandis qu'elle enfile un boa rose et un chapeau de paille.

De la musique jaillit soudain des enceintes. Avant que je comprenne ce qui se passe, mon amie et moi dansons et chantons, debout sur le canapé. Je ne me rends même pas compte que Jacinta nous photographie déjà, jusqu'à ce que Willa me tourne vers l'appareil pour que je fasse une grimace avec elle. Qui aurait cru qu'une séance photo pouvait être aussi amusante ?

Jacinta prend ensuite quelques clichés plus classiques de nous deux assises sur le canapé, mais nous rions tellement que je préfère ne pas penser au résultat. C'est à ce moment-là que Mme Andrews revient. Elle lève les yeux au ciel devant nos pitreries, puis éclate de rire à son tour.

– Merci, les filles ! lance Jacinta à la fin. C'était la séance photo la plus drôle que j'aie faite depuis des lustres. Je vous enverrai mes préférées par e-mail dans quelques jours, OK ?

– Merci ! répondons-nous en chœur.

Je pensais que nous allions nous changer avant de rentrer à la maison, mais nous gardons nos tenues de shooting. Et le plus étonnant est que cela ne me gêne pas du tout.

Los Angeles exerce sa magie sur moi, comme je l'avais espéré.

WILLA

La deuxième matinée se déroule plus ou moins comme la première. Les jours suivants, le planning de Maman ne lui permettra pas de nous conduire à l'association et nous prendrons le bus. Je préviens donc Alice que nous n'aurons plus besoin d'échanger nos tenues tous les jours.

– Je pense qu'on devrait continuer, réplique-t-elle en jetant un coup d'œil nerveux au bâtiment. Au cas où.

– Où quoi ?

– Oh, tu sais. Juste au cas où.

Ce qui n'est absolument pas une réponse, mais, puisque Matty va arriver d'un moment à l'autre, j'accepte de procéder à l'échange. Au moins, le pantacourt en jean et le débardeur que j'ai choisis pour Alice ressemblent un peu à ce que porterait Fran ou un autre membre de l'équipe. Ça m'aidera peut-être à m'intégrer.

Nous tournons au lycée aujourd'hui, alors je connais déjà le terrain. Malgré tout, c'est un peu étrange d'être là sans les autres élèves. Avant les vacances, M. Harris, le prof de cinéma, a donné à Fran la clé du placard de matériel. Nous avons donc plus d'équipement que ce que l'équipe a apporté au parc hier. Je frémis d'excitation à l'idée de m'en servir, même si je sais qu'en réalité, je m'occuperai plutôt de changer les décors et de servir le café. Enfin, je pourrai toujours poser des tas de questions techniques aux autres quand je les interviewerai pour mon documentaire.

Le film que Fran et les autres réalisent est un mélange d'histoire d'amour et de voyage dans le temps. Une moitié porte sur un couple en 2020, joué par Finn et Kat, et l'autre sur un couple en 1988 – date de la construction du lycée –, joué par Polly et Bethany. L'action alterne entre les deux époques, mais se déroule dans les mêmes lieux. Nous devons donc faire très attention à ne rien laisser qui date de 2020 sur le plateau quand on est censé être dans les années 1980, si bien que Jenn et moi passons beaucoup de temps à sortir des objets du cadre.

– Ils n'auraient pas pu choisir une intrigue qui se limite à l'époque moderne ? je chuchote à Tyler, qui m'aide à remplacer un ordinateur par un vieil Apple vintage qu'il a trouvé dans le grenier de ses parents.

– Fran voulait raconter une histoire à plusieurs niveaux, réplique-t-il.

– Des niveaux modernes, ça aurait suffi, je marmonne.

Une fois que nous sommes tous prêts, les choses se passent plutôt bien. Derek s'en donne à cœur joie avec les tenues des années 1980. Polly et Bethany sont superbes.

– C'est trop ? demande-t-il en écartant le fauteuil de Polly du miroir calé dans un coin de notre vestiaire de fortune (une salle de cours d'anglais) pour le tourner vers moi.

Je considère d'un œil critique le fard à paupières bleu électrique et les cheveux crêpés, avant de hausser les épaules.

– On est dans les années 1980. Ce n'était jamais « trop » à l'époque.

Je suis calée en histoire de la mode, bien que mes notes en histoire tout court ne soient pas si bonnes.

Rayonnante, Polly bondit du fauteuil pour aller chercher ses jambières, tandis que Bethany prend sa place pour sa propre métamorphose d'adolescente normale en héroïne rétro.

– Willa ! crie Matty. Viens voir !

Il est en train d'installer ses caméras sur une longue rangée de bureaux. Je me précipite pour m'extasier devant son travail.

Je réussis tout de même à tourner quelques plans pour mon documentaire sur les coulisses, avec ma fidèle caméra Canon offerte par mon père à Noël à force de le supplier. En filmant Derek qui transforme Bethany en une parfaite ado des années 1980 et Fran qui donne des instructions à Polly, je suis au moins sur la bonne voie. En fait, je suis tellement absorbée par ma tâche que je manque de peu le moment où la porte de la salle de classe s'ouvre sur le proviseur Carter.

Le cœur battant la chamade, je me laisse aussitôt tomber par terre, sous le bureau le plus proche. Comment n'y ai-je pas pensé ? Nous sommes au lycée ! Bien sûr qu'il peut passer pendant les vacances. Et s'il me voit ici, lui ne risque pas de me prendre pour Alice.

Heureusement pour moi, il semble captivé par l'action, les bras croisés sur son torse et un léger sourire aux lèvres. Une fois certaine qu'il ne m'a pas remarquée, je commence à avancer petit à petit sous les tables en direction de la salle attenante. Cette dernière nous sert de département coiffure, maquillage et costumes. La porte reste donc ouverte.

Le visage brûlant et la respiration trop forte à mes oreilles, je parcours à quatre pattes le tunnel de bureaux en craignant à chaque instant que quelqu'un m'appelle et me demande ce que je fabrique. Mais non. C'est la première fois que je suis contente d'être aussi insignifiante sur ce tournage. Au moins, je ne manque à personne.

J'atteins enfin le bout de la rangée de tables, à un mètre ou deux de la porte. Lorsque je jette un coup d'œil derrière moi, je constate que le proviseur Carter est toujours concentré sur la scène de Bethany et Polly. Il faut que je tente le coup. Les poings si serrés que mes ongles me rentrent dans les paumes, je sors de sous la dernière table et franchis la porte entrouverte d'un seul mouvement fluide au timing parfait. Puis je me cache derrière le battant, adossée au mur. C'était moins une !

La porte m'écrase soudain quand quelqu'un l'ouvre entièrement, bien avant que mon pouls ait repris un rythme normal.

– Qu'est-ce que tu fais à glander là-dedans ? demande Jenn en me fusillant du regard, avant de fermer la porte pour ne pas perturber le tournage. Fran a besoin qu'on prépare la prochaine scène.

Je fouille dans ma mémoire à la recherche de la liste des plans pour retrouver où sera tournée la scène suivante.

– La cour ! Parfait, allons-y.

Ravie d'avoir un prétexte pour m'échapper, j'avance vers la porte donnant sur le couloir… qui ne bouge pas quand je tourne la poignée.

– Celle-là est verrouillée, lance Jenn d'un ton désinvolte. On doit repasser par ici. Suis-moi.

Elle rouvre la porte de la salle où se poursuit le tournage et je recule au cas où M. Carter m'apercevrait.

– Tu viens ou quoi ? me souffle Jenn.

– Le proviseur est encore là ?

– Quelle importance ? réplique-t-elle, les sourcils froncés.

Je réponds par un haussement d'épaules que j'espère expressif. Elle lève les yeux au ciel, puis, avec un soupir, regarde par la porte ouverte juste au moment où Fran crie de nouveau : « Coupez ! »

– Il est parti, m'indique Jenn. Allez, viens !

– J'arrive !

Je la dépasse à toute vitesse, en espérant que le bureau du proviseur ne donne pas sur la cour. Je vais devoir veiller à rester discrète aujourd'hui.

ALICE

Mercredi matin, comme la mère de Willa est attendue de bonne heure sur son tournage, nous prévoyons de prendre le bus jusqu'à Santa Monica pour nous rendre à l'association.

– On peut y aller plus tard aujourd'hui, explique Willa. Puisqu'on y passera de toute façon la soirée pour l'opération de nettoyage.

– Envoyez-moi juste un texto pour me prévenir que vous êtes bien arrivées, demande Mme Andrews.

Nous le lui promettons.

– C'est *toujours* ce que je fais, ajoute Willa.

Bien sûr, ce que ce changement de plan implique vraiment, c'est que je dois prendre le bus toute seule pour la première fois à Los Angeles pendant que mon amie file sur son tournage.

– La semaine prochaine, on filmera quelques jours sur la plage, annonce-t-elle en m'accompagnant à l'arrêt de bus. Ça facilitera les choses.

– Super.

Ce que je voudrais dire en réalité, c'est : « Je n'y arriverai jamais toute seule ! Et si je me perds ? Je ne connais pas du tout cette ville ! »

Mais Willa ne dirait pas ce genre de chose, or je suis Willa cette semaine. Je me contente donc de répondre :

– À cet après-midi, alors.

Je suis soulagée d'avoir pris des notes dans mon carnet et téléchargé l'application des transports publics de Los Angeles sur mon téléphone. Être bien préparée me rend plus confiante à l'idée d'effectuer ce trajet seule. Et une fois dans le bus, je me rends compte que ce n'est pas si différent de mes déplacements dans Londres. Enfin, à part les palmiers et le soleil.

Avec Jake, nous passons l'après-midi à préparer le nettoyage de la plage : il faut s'assurer d'avoir assez de sacs réutilisables, de gants, de bouteilles d'eau, etc. Nous postons également des rappels sur les réseaux sociaux pour essayer d'obtenir une forte participation. Des amis de Jake doivent venir, et il semble ravi que Mme Andrews et « Alice » nous rejoignent aussi.

Pendant que nous attendons sur la terrasse l'arrivée des premiers bénévoles au nettoyage, Jake se tourne vers moi pour me demander :

– Hé, tu as déjà fait du kayak ?

Je me mords la lèvre, car je sais que ce n'est pas vraiment le genre d'activité pratiquée par Willa, seulement, je ne suis pas Willa ce soir, si ? Elle sera là pour jouer son propre rôle, à l'insu de Jake. Moi, Alice, j'adore le kayak. J'en ai fait plein de fois avec mon père – y compris pour participer au nettoyage d'un port, un jour en vacances.

– Eh bien, oui. Pas depuis un moment, mais… j'adore ça.

Un large sourire éclaire le visage de Jake.

– Super ! L'association a quelques kayaks spéciaux, fabriqués à partir des déchets plastiques qu'on a ramassés dans l'océan.

– C'est génial !

– Ouais. C'était un peu mon idée. Ma mère m'a aidé à trouver une entreprise capable de prendre la fabrication en charge. Ils réduisent le plastique en poudre noire, qu'ils versent ensuite dans des moules… Bref, c'est plutôt cool. Avec mes amis, on utilise ces kayaks pour les nettoyages. On en a un en trop ce soir, ça te dit de te joindre à nous ?

– Carrément !

Je réalise seulement après avoir accepté que je n'en ai pas parlé à Willa.

*

Mon amie n'arrive que dix minutes avant sa mère, ce qui me laisse malgré tout le temps de lui expliquer le léger changement de plan.

Ça ne se passe pas aussi bien que je l'espérais.

– Attends, donc toi, tu vas surfer sur les vagues avec Jake le Canon, pendant que moi, je ramasserai les déchets des autres sur les dunes avec ma *mère* ?

– Regarde le bon côté des choses : si je suis là-bas avec Jake, elle ne l'entendra pas m'appeler Willa.

Je me garde de lui rappeler qu'au départ, ce plan était entièrement conçu pour elle : je suis sûre qu'elle s'en souvient très bien – et le regrette.

– En plus, moi aussi, je ramasserai les déchets des autres. Seulement depuis un kayak.

Je ne peux dissimuler ma joie. J'ai tellement hâte d'être de nouveau sur l'eau.

– Ce n'était vraiment pas prévu ? demande Willa avec un regard noir.

– Je te jure que Jake m'en a parlé il y a à peine une heure ou deux.

Avec un soupir, elle se penche pour s'appuyer contre la rambarde de la terrasse, juste au moment où je vois sa mère arriver du parking.

– Bon, d'accord, concède-t-elle. Tu as sûrement raison. Ça servira notre plan.

– Exactement !

Je la serre dans mes bras, salue Mme Andrews de la main, puis pars trouver Jake avant qu'il vienne me chercher et m'appelle par le mauvais prénom.

Ses amis ne mettent pas longtemps à se rassembler, avec leurs kayaks, leurs pagaies et leurs kits de ramassage des déchets. Ils sont un ou deux à porter une combinaison courte, mais il fait encore tellement chaud que je garde mon maillot de bain une pièce sous mon short en jean et mon tee-shirt turquoise, presque assortis à ceux de Willa.

Jake, en revanche, porte une combinaison longue malgré la chaleur et se fait charrier par ses amis.

– Jake porte *toujours* sa combinaison longue, me confie l'un d'eux, penché vers moi avec un sourire narquois. C'est parce qu'il a peur des terribles méduses qui se cachent dans les vagues.

Je me tourne vers Jake pour savoir si c'est vrai, et il hausse les épaules.

– Je me suis fait piquer une fois, lance-t-il d'un ton sec. Et je ne veux pas que ça se reproduise. Allez, venez. On a du pain sur la planche !

Après avoir emprunté des chaussures de plage, j'imite Jake : je pousse mon kayak dans les vagues, avant de sauter dedans dès que l'eau est assez profonde. Je suis mouillée, mais ce n'est pas grave. De toute façon, j'ai apporté une tenue de rechange. Quand la brise marine me caresse le visage, je songe que peu m'importerait d'être trempée jusqu'aux os et de devoir rentrer en bus sans me changer. Je suis en mer et en paix.

Nous autres kayakistes restons groupés, nous écartant juste assez pour atteindre divers amas de déchets rassemblés par le courant. C'est fou la quantité d'ordures qui se cachent entre les vagues.

– L'océan paraît tellement beau et limpide depuis la plage, je fais remarquer quand Jake passe devant moi, son sac à déchets quasi plein.

– Tout comme la planète paraît verte et bleue depuis l'espace, réplique-t-il en repêchant une nouvelle cannette. C'est pour ça qu'on doit inciter les gens à faire plus attention.

– Avec votre marche de sensibilisation, par exemple. Le week-end de la semaine prochaine, c'est ça ?

– C'est ça, confirme-t-il avec un sourire, comme s'il était content que je m'en souvienne. Tu viendras ?

– Je ne voudrais pas rater ça, je réponds en lui rendant son sourire avant de pagayer vers deux bouteilles que j'ai repérées.

Le soleil amorce lentement sa descente lorsque nous rejoignons tous ensemble la côte, nos sacs remplis. J'ai le visage qui pique à cause du soleil et des embruns, et j'aurais sûrement dû me mettre plus de crème solaire sur les épaules. J'ai aussi les cheveux rigidifiés par le sel et les muscles douloureux à force de pagayer. Mais je ne me souviens pas de la dernière fois où je me suis sentie aussi vivante. Aussi Alice.

TEXTOS

WILLA
Je ne suis pas sûre que le plan se passe tout à fait comme prévu.

HAL
L'un de TES plans ? Qui tourne mal ? Je n'en reviens pas.

WILLA
Un peu de soutien, c'est trop demander ?

HAL
OK, quel est le problème ?

WILLA
Je crois qu'Alice s'amuse plus que moi.

WILLA

Après l'interruption imprévue du proviseur Carter hier, je n'ai pas eu l'occasion de filmer de nouvelles scènes pour mon documentaire – j'étais trop occupée à me cacher dans l'ombre. De toute façon, j'ai aussi été trop occupée à ramasser des sachets de chips et des cannettes de soda sur la plage, pendant qu'Alice s'amusait dans les vagues avec Jake, pour monter les séquences que j'ai déjà tournées.

Bon, d'accord, je l'avoue. Je ne suis pas de super humeur quand je me rends au lycée pour une nouvelle journée de tournage. Mais j'ai un plan.

Je ne participe pas uniquement à ce projet parce que je suis capable de déplacer des tables et de rester immobile assez longtemps pour que Tyler règle l'éclairage. Matty s'est porté garant de moi car il croit en mon talent. Et si Fran ne compte pas utiliser ma vision créative ou mes connaissances en matière de tournages, je le ferai à sa place. Je n'ai pas le temps pour toutes ces tâches de larbin qu'ils n'arrêtent pas de me confier.

Jenn, si. C'est pour ça qu'elle est là, non ? Pour autant que je sache, elle n'a jamais suivi de cours de cinéma et n'est pas non plus en terminale. Elle pourrait donc gérer le sale boulot pendant que moi, je continue mon documentaire.

– Finn, tu as une seconde ? je demande alors qu'il relit le script, assis dans un coin de la salle de classe.

Il lève les yeux et m'adresse son sourire de star – je crois qu'il s'est entraîné devant le miroir.

– Bien sûr.

Je brandis ma caméra avant de poursuivre :

– J'aimerais beaucoup avoir ton avis sur le film…

Il se trouve que Finn est tout à fait ravi de parler devant une caméra – surtout de lui. Kat, en revanche, me donne un peu plus d'informations sur la genèse du film, très intéressante.

– En temps normal, les terminale travaillent ensemble sur un gros projet pour le spectacle de fin d'année, explique-t-elle. Mais cette année, les élèves étaient plus nombreux que d'habitude et Fran avait des idées très précises sur ce qu'elle voulait réaliser… Alors elle a choisi certains d'entre nous qui, selon elle, travailleraient bien ensemble, et… nous voilà !

– C'est une petite équipe pour un film comme celui-ci, non ? je demande, sachant déjà qu'ils sont deux fois plus nombreux dans l'autre groupe.

– C'est pour ça qu'on t'a avec nous, répond Kat d'un ton désinvolte, avant d'ajouter une seconde plus tard : Et Jenn aussi.

Cette dernière, debout derrière elle, grimace d'avoir été oubliée.

Après mon interview de Kat, je suis Derek, qui rassemble les costumes pour cet après-midi en racontant à l'intention de mes futurs spectateurs comment il les a sélectionnés. Je passe ensuite un peu de temps à filmer Tyler, qui explique la bonne façon d'éclairer les scènes que nous tournons. Ce sont les informations les plus utiles que j'ai récoltées de la semaine. Je suis donc plutôt contente de moi au moment où Jenn arrive avec des sandwichs et des boissons pour tout le monde.

Enfin, tout le monde sauf moi.

– Euh… je crois que tu en as oublié, je fais remarquer tandis que le reste de l'équipe part manger.

Jenn lance autour d'elle un regard ostentatoire.

– Nan. Tous ceux qui *travaillent* sur le film ont leur déjeuner.

– D'accord, je lâche en levant les yeux au ciel devant sa mesquinerie. Je vais chercher le mien.

Alors que je me dirige vers la porte d'un pas raide, j'entends Jenn marmonner d'un ton on ne peut plus sarcastique :

– Oh mince, comment on va s'en sortir sans toi ?

Matty me rattrape sur le chemin de la sortie.

– Ça va ? demande-t-il, la bouche pleine de sandwich à la dinde.

– Ta copine est une vraie…

– Je ne suis pas là pour parler de Jenn, me coupe-t-il. C'est de toi qu'il s'agit.

Je hausse les épaules.

– J'ai faim. Mais ça s'arrange facilement.

– Ce n'est pas la seule chose à arranger, réplique-t-il avec un regard entendu.

Je m'arrête net.

– C'est une intervention pour « faire de Willa et Jenn les meilleures amies du monde » ? Si c'est le cas, tu peux retourner d'où tu viens.

– Non. C'est une intervention pour « aider Willa à s'aider elle-même ».

– Willa va bien, merci.

– Willa se fait des ennemis et se met les gens à dos, rétorque Matty.

– Willa fait son boulot. Et elle en a marre de parler d'elle à la troisième personne.

– Willa est…

– Quoi ? je l'interromps en me retournant vers lui au milieu du trottoir. Je suis là, tous les jours, alors que c'est les vacances. J'interviewe les acteurs, je filme de super séquences et, en plus, je déplace les tables et je tiens les projecteurs. D'accord, j'ai laissé Jenn aller chercher une fois les sandwichs. C'est si grave ?

– Il ne s'agit pas que des sandwichs, Willa, répond Matty, adossé au mur d'enceinte du lycée. Tu n'arrêtes pas de disparaître quand on a besoin de toi, tu arrives en retard ou tu pars en avance. Tu te rappelles ce que je t'ai dit ? Il n'y a pas que ta réputation qui est en jeu ici. Je me suis porté garant de toi, donc il est aussi question de ma réputation. Et tu n'es pas à la hauteur des promesses que j'ai faites en ton nom.

– Eh bien, si on me confiait d'autres tâches que déplacer des meubles et porter des luminaires, je tiendrais peut-être ces promesses !

Matty poursuit comme si je n'avais rien dit.

– Même quand tu es là, tu es concentrée sur ton propre projet, pas sur le film qu'on essaie de réaliser.

– Tu savais que c'était pour ça que je voulais intégrer votre équipe. Tu m'as dit que Fran était d'accord.

Je ne compte pas évoquer le sujet de mon emploi du temps, car il n'a pas besoin d'être au courant.

– C'est le cas. Elle a hâte de voir le documentaire que tu réalises.

– Alors où est le problème ?

– Tu es aussi notre assistante de production, soupire Matty. Ce qui implique, donc, de remplir le rôle d'assistante de prod.

– C'est plutôt celui de bonne à tout faire, je grommelle, contrariée d'admettre que Jenn avait raison. Je n'ai pas rejoint ce projet pour m'occuper des courses, mais pour *apprendre*.

– Tout le monde doit commencer quelque part, Willa.

– C'est déjà fait ! J'ai ma propre chaîne YouTube. J'ai aussi réalisé mes propres courts-métrages, comme la flash-mob et des tas d'autres trucs !

– C'était toujours en solo, n'est-ce pas ? Là… c'est la première fois que tu fais partie d'une équipe.

– Et alors ? Qu'est-ce que ça change ?

Les yeux plissés devant le soleil de Los Angeles, Matty ne me regarde pas en face.

– Ce qu'il y a, c'est que… ce projet compte vraiment pour nous tous, Willa. On se donne à fond. Et toi… on ne dirait pas. Tu ne fais pas encore partie de l'équipe.

Sur ces mots, Matty tourne les talons et s'éloigne. Je me retrouve à le fixer en essayant d'intégrer ce qu'il vient de me dire.

Bien sûr que je me donne à fond. C'est pour ça que j'ai réorganisé toutes mes vacances de printemps et demandé à Alice de me remplacer, non ? Pour participer à ce projet. Matty ne sait pas de quoi il parle.

Ce qui ne m'empêche pas d'avoir l'estomac noué. Me persuadant que c'est juste la faim, je pars vite chercher un sandwich, car je ne veux rien rater du tournage.

⋆

Plus tard dans l'après-midi, je sèche le nettoyage du plateau pour prendre le bus jusqu'à Santa Monica et rééchanger ma place avec Alice. Je la trouve dans la suite pédagogique avec Jake, leurs têtes si proches que les cheveux blonds de l'un se mêlent presque à la queue de cheval brune de l'autre.

Je fronce les sourcils. Quand je suis partie ce matin, elle avait les cheveux lâchés. Elle les a donc attachés elle-même. Sans regarder dans un miroir, à l'évidence, puisque sa queue de cheval est toute de travers. D'accord, je sais qu'elle n'est pas *réellement* moi, mais ça la tuerait d'essayer de faire au moins illusion ?

Comme aucun des deux ne remarque ma présence, je me racle bruyamment la gorge. Alice est la première à relever la tête, surprise, les yeux écarquillés. Elle sourit à ma vue, avant de retirer l'élastique à spirale de ses cheveux.

– C'est déjà l'heure ? demande-t-elle en jetant un coup d'œil à son poignet nu.

Elle ne s'est toujours pas habituée à ne plus avoir de montre, ni moi à la porter – je l'ai rangée dans la poche avant du sac à dos d'Alice.

– Ouais, je réponds. T'es prête à partir ?

Elle se tourne vers Jake pour avoir son accord. Celui-ci acquiesce.

– Je pense qu'on a fait le max pour aujourd'hui. Tu as bien travaillé, ajoute-t-il d'un ton chaleureux. On n'a jamais été aussi bien préparés la veille d'une visite éducative. Merci, Willa !

Alice croise mon regard lorsqu'il prononce mon prénom.

– Ça, c'est Willa tout craché, je lance, la bouche sèche. *Toujours prête.*

Un sourire crispé aux lèvres, Alice hoche la tête avec raideur.

– À demain, Jake.

Nous nous changeons dans les toilettes en silence. En fait, nous n'ouvrons pas la bouche avant d'être dans la voiture avec Maman, sur le chemin du retour.

– Alors, qu'est-ce qui se passe entre Jake et toi ?

Je vois ma mère jeter aussitôt un coup d'œil dans le rétroviseur ; elle adore les ragots.

– Je les ai trouvés collés l'un contre l'autre dans la suite pédagogique, j'explique.

– Ce n'est pas…, bredouille Alice, les joues écarlates. On regardait juste les brochures pour les enfants qui viennent demain ! Jake m'a demandé de prononcer un des discours d'introduction. Je voulais m'assurer que je maîtrisais bien toutes les infos.

– C'est comme ça que ça commence, je la taquine. On se rapproche autour des brochures sur le recyclage et, tout à coup, on s'embrasse dans un kayak. (Je me tourne sur mon siège pour lui faire face.) Je pourrais te maquiller demain. Et te coiffer, si tu veux…

– Willa ! s'exclame Alice en se couvrant le visage des mains. (Je vois qu'elle est rouge jusqu'aux oreilles.) Arrête, franchement. Jake est sympa, mais ce n'est pas… Je ne le vois pas de cette façon.

Je préfère ne pas insister davantage, car ça la met mal à l'aise, même si j'essayais simplement de l'aider. Toutefois, je ne peux m'empêcher d'ajouter :

– Alors tu dois être l'une des rares ados de quinze ans à Los Angeles qui n'ait pas envie de l'embrasser ou de lui ressembler.

– Tu me connais, réplique Alice en baissant les mains. J'aime bien me distinguer.

– C'est vrai.

Ça fait d'ailleurs partie des choses qui me plaisent chez elle.

Pendant que nous roulons quelques minutes en silence, j'essaie de penser à autre chose pour oublier ce que Matty m'a dit au déjeuner.

– J'ai trouvé ! je chuchote après avoir eu une illumination. On va se faire une soirée filles ! Manucure, film, on commandera mexicain… et tu pourras tout nous raconter sur Jake le Canon !

– Willa…

Alice n'a pas l'air convaincue.

– Bon, d'accord, je soupire. Mais est-ce qu'on peut quand même garder les trois premières idées ?

– J'adore la cuisine mexicaine, répond mon amie avec un sourire.

– Génial ! je m'exclame en bondissant sur mon siège. Ça va être super !

ALICE

Les soirées filles, ce n'est pas vraiment mon truc, mais Willa semble tellement excitée que je ne peux pas m'empêcher de me prendre au jeu. Même Mme Andrews paraît enthousiaste. Elle entre dans un magasin pour acheter du pop-corn et en ressort avec… des vernis à ongles de plusieurs couleurs et des masques pour le visage (avec ma peau sensible, je vais sûrement avoir une éruption de boutons).

De retour à la maison, nous nous mettons en pyjama. Willa et moi descendons ensuite dans la salle de projection en débattant du film à voir. Toutefois, sa mère a un autre plan.

– Jacinta nous a envoyé les photos de la séance !

Lorsqu'elle appuie sur un bouton de la télécommande, l'écran géant s'anime soudain et affiche un cliché de nous trois coiffées de chapeaux fantaisistes.

– J'ai pensé que vous pouviez les regarder ensemble avant le film, et en choisir quelques-unes à envoyer au père d'Alice ?

– Parfait ! s'exclame Willa avant de s'installer dans un fauteuil en cuir matelassé au premier rang, ses pieds calés sous elle. Mais d'abord, on doit se mettre à l'aise.

Je m'assieds à côté d'elle et nous appuyons en même temps sur le bouton de commande des fauteuils. Leur dossier s'incline tandis qu'un repose-pied remonte à l'avant.

– Ces sièges sont incroyables !

Avant ma venue à Los Angeles, je n'aurais jamais imaginé qu'on puisse avoir une vraie salle de cinéma chez soi. Maintenant, ça me semble parfaitement normal.

Mme Andrews confie la télécommande à Willa.

– Commencez à regarder les photos pendant que j'appelle le restaurant.

– Je t'avais dit que cette séance était une bonne idée, lance mon amie alors que des portraits de nous deux faisant les idiotes défilent sur l'écran.

Sur chaque photo, nous rions ou sourions, et nos accessoires aux couleurs vives ressortent contre le mur blanc du studio.

– Tu avais raison, j'admets. Bon, laquelle envoyer à mon père et Mabel ?

Willa relance le diaporama depuis le début et nous les faisons défiler plus lentement, en nous moquant de nos grimaces sur certaines. Sa préférée est celle où elle m'a plaqué un chapeau fédora rose vif sur la tête ; la mienne nous montre en train de bavarder sur le canapé bleu électrique.

Nous finissons par réduire notre sélection à treize clichés à envoyer quand la voix de Mme Andrews résonne dans l'escalier.

– Alice ! Téléphone pour toi !

Je me lève d'un bond.

– Ça doit être mon père. J'ai oublié de l'appeler aujourd'hui !

Chaque jour depuis mon arrivée, comme promis, j'appelle chez moi en vidéo. C'est un peu compliqué avec le décalage horaire, mais, si je téléphone à l'heure du petit déjeuner, ils viennent le plus souvent de finir de travailler et ont le temps de bavarder. Je choisis aussi parfois l'heure du déjeuner, donc dans la soirée pour eux. Seulement, aujourd'hui, j'ai oublié. Il doit être 2 heures du matin à Londres !

Je grimpe l'escalier en courant et prends le téléphone sans fil à la mère de Willa.

– Papa ? J'ai oublié d'appeler, je suis vraiment désolée !

À l'autre bout de la ligne, mon père éclate de rire.

– Ce n'est rien, mon Étoile de mer ! Je me suis dit que tu devais être occupée. Je tombais directement sur le répondeur de ton portable. On a une grande nouvelle à t'annoncer…

– Plus de batterie, je confirme après avoir sorti mon téléphone de ma poche. Quelle est la nouvelle ?

La dernière fois, c'était celle de leur mariage. Je viens tout juste de me remettre de ce choc.

– On a acheté une maison !

Je suis parcourue d'un étrange frisson.

– Quoi ?

– Mabel et moi, on est allés la visiter aujourd'hui et on a tout de suite su que c'était la maison de nos rêves. Alors on a fait une offre sur-le-champ ! Tu vas l'adorer, c'est certain.

– Mais… ça fait des mois qu'on cherche une maison ensemble. Qu'est-ce que celle-là a de si différent ?

Ce n'est pas la question que j'ai à l'esprit. Ce que je voudrais demander, c'est : « Comment avez-vous pu trouver NOTRE maison sans moi ? »

Depuis le début, Papa et Mabel parlent de cette nouvelle maison comme du premier foyer que nous partagerons tous ensemble. Et voilà qu'ils l'ont choisie sans même me laisser l'occasion de la visiter.

– Oh, tu comprendras quand tu la verras, Alice. Elle est parfaite pour nous trois. Je t'assure, insiste Papa avant d'ajouter après un silence : Tu n'es pas contente ?

Il veut que je sois enthousiaste, je le sais. Et moi aussi, franchement. Dans cette maison, j'aurai de nouveau ma propre chambre – je ne partagerai plus le débarras avec le bureau de Mabel et tous ses dossiers de recherche.

Ça me fait bizarre, c'est tout.

– Bien sûr que si, je mens. Envoie-moi les infos et les photos.

– Mabel est justement en train de te préparer un e-mail.

J'entends cette dernière crier en arrière-plan :

– La chambre aux murs bleus sera la tienne !

Ils ont carrément choisi ma chambre pour moi. Super.

– Dis à Mabel que je la regarderai avec attention.

Papa me parle ensuite un peu du jardin.

– Il est tout petit, mais on devrait pouvoir y mettre un barbecue.

Et puis la maison n'est qu'à deux pas du métro… Je ne l'écoute plus vraiment, car je n'ai qu'une pensée en tête : mon avenir se décide sans moi.

– Tout va bien ? demande Mme Andrews lorsque je raccroche.

– Ça va, je réponds avec un sourire forcé. Mon père et Mabel nous ont trouvé une nouvelle maison.

– Génial ! Tu vas tout nous raconter au dîner !

WILLA

Alice a un problème.

Elle a à peine touché à ses tacos, n'a ri à aucune scène du film que nous avons choisi après avoir fini de regarder les photos et m'a laissée lui vernir les ongles d'un orange vif qu'elle aurait d'habitude détesté.

La bonne ambiance de notre soirée filles étant clairement retombée, nous montons dans ma chambre dès la fin du film. Pendant qu'elle se lave les dents et le visage, je parcours mes vidéos de la journée de tournage pour y faire un peu de tri et de montage.

Alice finit par ressortir de la salle de bain et s'écroule sur son lit sans même me souhaiter bonne nuit.

Je mets donc ma séquence en pause.

– Bon, qu'est-ce qui t'arrive ce soir ? C'est le coup de fil de ton père ? Ma mère a parlé d'une maison, je crois ?

Notre dîner est arrivé juste à ce moment-là, alors je n'ai pas saisi tous les détails.

– Mm mm mm mmmmm mm mm mmmmmmm mm mmmm, marmonne Alice dans son oreiller.

Je me lève d'un bond pour tirer le coussin de sous sa tête.

– Tu peux répéter ?

Elle se redresse, l'air de très mauvaise humeur.

– Mon père et Mabel nous ont acheté une maison.

– Et c'est nul parce que…

– Ce n'est pas nul.

– Sauf que ça te met *clairement* de mauvais poil, je fais remarquer. Je pensais que tu serais ravie de quitter ce minuscule appartement.

Il était déjà assez petit pour Mabel et moi l'été dernier. Je n'imagine donc pas à quel point tous les trois doivent s'y sentir à l'étroit avec leurs affaires.

– Je suis contente. Enfin, je vais l'être. C'est juste que… (Elle soupire.) Je suis sûrement stupide.

Alice est beaucoup de choses, mais jamais stupide.

Assise en tailleur au bout de son lit, j'arbore mon expression la plus attentive.

– Quel est le problème ? Elle est du mauvais côté de la ville ? Elle est hantée ? Ta chambre est décorée de princesses Disney ?

– Non, rien de tout ça. Je n'ai même pas encore vu les photos. Mabel doit m'en envoyer par e-mail. De toute façon, ce n'est pas vraiment le problème.

– Alors qu'est-ce que c'est ?

– Ils ont choisi notre nouvelle maison sans moi.

Oh.

La mère d'Alice est morte il y a quelques années et mon amie a eu du mal à accepter la présence de Mabel dans leur vie. Elles s'entendent bien maintenant, du moins je crois. Malgré tout, voir son père tourner la page et laisser derrière elle le souvenir de sa mère et de leur ancienne vie ne doit pas être facile.

– Mes parents ont vendu notre maison quand ils ont divorcé, je confie d'une voix lente, en réfléchissant bien à ce que je vais dire. Depuis, mon foyer s'est résumé à des appartements loués dans les villes où ils travaillaient, et je suis passée de l'un à l'autre en fonction de leur tour de garde. Puis ma mère et moi, on est venues à Los Angeles et on nous a prêté cette maison, qui est fabuleuse. Seulement, ce n'est pas chez nous.

– Tu aimerais que tes parents se remettent ensemble ?

C'est une bonne question.

– Je crois que… j'aurais préféré qu'ils ne divorcent pas. Cela dit, ils ont l'air tous les deux plus heureux maintenant. La carrière de ma mère a décollé, on vit à Hollywood et mon père vient souvent nous voir… donc je ne sais pas. C'est compliqué.

– Ouais, lâche Alice. Ça me fait juste bizarre qu'ils aient choisi *notre* maison sans moi. Tu comprends ?

– Oui. Mais réfléchis un peu : dans trois ans, tu partiras à l'université tandis qu'eux vont continuer d'y habiter.

– Je n'arrive simplement pas à m'imaginer vivre dans une maison que je n'ai pas visitée. C'est un peu comme l'année dernière, quand on m'a envoyée chez Mabel alors que je ne l'avais jamais rencontrée.

– Et on sait tous comment ça s'est fini, je commente avec un sourire.

Alice éclate de rire, ce qui est exactement la réaction que je cherchais.

– Ça te paraîtra peut-être plus réel quand tu auras vu les photos, je suggère. Oh, on pourrait aller sur Pinterest et commencer à décorer ta nouvelle chambre !

– Ouais, d'accord, concède Alice. Demain.

– Demain, je lui promets.

ALICE

Le lendemain matin, je suis trop occupée à m'inquiéter de la visite éducative pour repenser à la nouvelle maison. Je sais que Willa a raison : je devrais être contente de quitter le minuscule cagibi de Mabel. D'ailleurs, je devrais m'estimer heureuse d'avoir simplement un toit. Sans parler du fait que nous n'aurons plus à passer tous nos week-ends à visiter des maisons. Mais dans l'immédiat, me retrouver face à une trentaine d'enfants pour leur parler de la protection de nos océans et de la réduction de notre consommation de plastique est une angoisse bien plus concrète.

Et s'ils ne m'écoutent pas ? Et si tout le monde se fiche de ce que j'ai à dire ? Et si je fais tout de travers et que je me ridiculise ?

Quand je confie mes craintes à Willa au petit déjeuner, elle se contente de lever les yeux au ciel. Toutefois, plus tard, alors qu'elle s'apprête à partir de l'association, elle pose les mains sur mes épaules et me regarde en face.

– Rappelle-toi, quand tu seras devant eux, tu ne seras pas Alice Wright, mais Willa Andrews. Et ce ne sont pas quelques gamins qui font peur à Willa, OK ?

– OK, je réponds sans pouvoir dissimuler mon amusement.

Ce n'est qu'une fois devant le groupe, Jake m'adressant un signe de tête encourageant du fond de la salle, que je me rends compte que mon amie a choisi pour moi sa tenue préférée : une robe salopette courte avec un tee-shirt rose vif et des Converse hautes assorties. Elle m'a confié un jour que c'était sa tenue pour « montrer de quoi elle était capable ».

Après avoir pris une profonde inspiration, je souris aux enfants et je me lance.

– Nos océans couvrent soixante et onze pour cent de la surface de la Terre et représentent quatre-vingt-dix-sept pour cent de l'eau sur la planète. Je crois qu'on est tous d'accord pour conclure que ça les rend assez importants, non ?

Quelques hochements de tête. Ils ont sûrement déjà appris tout cela à l'école.

– D'autant plus que *nous* – vous et moi – sommes aussi composés d'environ soixante pour cent d'eau.

Si quelques enfants paraissent étonnés, la plupart se contentent d'acquiescer. Je poursuis :

– Bon, voici pour vous un autre chiffre important au sujet de l'eau. Quatre-vingt-dix-neuf pour cent de l'espace vital sur Terre se trouve dans les océans.

Cette fois, je récolte au moins quelques exclamations de surprise. Puis un élève crie :

– Tout ça pour quelques poissons, quel gâchis !

Bien sûr, ses amis éclatent de rire.

Jake me jette un regard soucieux. Il craint sans doute de m'avoir confié trop de responsabilités trop vite.

Enfin, maintenant que je suis là… Aujourd'hui, je suis Willa Andrews, jusque dans mes Converse roses. Mais surtout, je suis Alice Wright, fille de Jon Wright, chercheur en biologie marine. J'ai grandi avec un aquarium d'étoiles de mer dans ma chambre. Je sais de quoi je parle, ce qui me donne encore plus d'assurance que les vêtements de Willa. Je peux y arriver.

– D'accord, je lance au petit plaisantin du groupe. À ton avis, combien d'espèces animales vivent dans nos océans ?

– Quelques centaines, suggère-t-il, désinvolte.

– Quelqu'un d'autre ? je demande.

– Il y en a beaucoup plus, répond une fille en secouant la tête. Des centaines de milliers.

– Un million ? hasarde un autre.

À cet instant, je remercie mon père pour ses leçons de biologie marine à la table du dîner et toutes ses conférences auxquelles j'ai assisté, car je connais précisément la réponse.

– On a recensé 228 450 espèces dans nos océans et il pourrait y en avoir jusqu'à deux millions de plus, encore inconnues à ce jour ! Personnellement, j'aimerais continuer de protéger nos océans pour qu'on découvre ces deux millions d'espèces. Et vous ?

– Ouais ! hurle un enfant.

D'autres acquiescent à grands cris.

– Super ! je m'exclame en frappant dans mes mains. Alors c'est parti !

*

– C'était incroyable !

Jake passe un bras autour de mes épaules tandis que les moniteurs de la colonie et les bénévoles de l'association conduisent les enfants vers la terrasse, où ils mangeront leurs paniers-repas avant la promenade sur la plage cet après-midi.

– *Tu* as été incroyable !

– Ça, je ne sais pas. Mais au moins, je n'ai pas trébuché sur l'estrade ou affirmé que le changement climatique n'était qu'une théorie.

Jake éclate de rire.

– Les enfants étaient très concentrés. J'en ai entendu quelques-uns qui avaient l'air sincèrement emballés à l'idée d'explorer les habitats de la plage. Je pense que tu mérites une récompense, ajoute-t-il soudain. Ça te dirait de faire une balade ?

– Une nouvelle virée glaces sur la jetée ?

C'est vrai que ce serait sympa de sortir s'amuser un peu. Maintenant que la crainte de mon discours est passée, je suis de nouveau assaillie par mes inquiétudes sur la nouvelle maison. Et Jake, je dois l'admettre, constitue une *excellente* distraction.

Son sourire fait apparaître ses fossettes et ses yeux semblent danser. C'est une expression que j'ai lue quelque part, mais que je n'avais jamais vraiment comprise jusqu'à maintenant.

– Je me disais qu'on pourrait même essayer la grande roue de Pacific Park pour avoir des sensations fortes.

– On n'a pas besoin d'accompagner les enfants sur la plage ?

– Je crois qu'on a mérité une pause. Tu t'es clairement investie plus que ton quota de quatre heures par jour cette semaine !

J'espère que mon sourire dissimule ma surprise. Un instant, j'avais totalement oublié que ma présence ici était censée être une punition. Je m'amuse bien trop ici pour y penser.

*

La jetée de Santa Monica ne ressemble pas tout à fait aux jetées anglaises. Pour commencer, à Southend-on-Sea, on ne trouve certainement pas de vendeurs de corn-dogs (ces saucisses panées embrochées sur un bâtonnet), et je n'avais encore jamais goûté de *funnel cake* (une friandise entre le beignet et le churro) avant que Jake me persuade d'essayer.

Une partie de la jetée est occupée par un parc d'attractions, le Pacific Park, avec des manèges et divers stands qui me sont plus familiers. Je m'amuse à lancer des anneaux et tirer avec des pistolets à eau – je gagne même pour Jake une pieuvre géante en peluche, qu'il transporte le reste de la journée. Enfin, nous nous arrêtons à côté de la grande roue.

– Tu veux vraiment que je monte là-dessus ? je demande, les yeux levés vers l'immense roue qui se découpe sur le bleu du ciel californien.

– Tu n'aimes pas la hauteur ? devine-t-il.

– Pas trop.

– Moi non plus, avoue-t-il d'un ton désinvolte avant de me prendre la main. Viens ! Je crois savoir ce qui te plaira plus.

Jake me conduit vers un bâtiment couleur sable aux portes et fenêtres bleues aux formes arrondies. J'aperçois un mot au-dessus de l'entrée.

– « Carrousel » ?

– Regarde, réplique Jake.

Je pousse un cri de surprise. À l'intérieur se trouve un fantastique manège à l'ancienne – avec des chevaux peints, leur nom écrit sur la selle, qui montent et descendent au son d'une vieille musique. Enfants et adultes rient pardessus la musique.

– C'est plus ton genre ? demande Jake avec un sourire.

Le carrousel vient de s'arrêter et les cavaliers descendent de leurs montures pour laisser la place aux suivants.

– Tu veux faire un tour ? ajoute-t-il.

Je ne pensais pas que Jake allait monter aussi. Mais, alors que je m'installe sur mon destrier argenté à la crinière brillante couleur lilas, il saute sur le cheval noir à côté de moi.

– Tu aimes les manèges ? je m'étonne.

Il hausse les épaules.

– J'aime passer du temps avec toi.

Je me détourne, mon cœur battant soudain la chamade. J'ai affirmé à Willa que je ne voyais pas Jake de cette façon. Pourtant, je ne suis apparemment pas insensible au fait que ce beau gosse ait envie de traîner avec moi. N'ayant pas eu de coup de cœur immédiat et étourdissant, comme avec Antonio l'été dernier, j'ai cru que je ne ressentais rien pour lui. Que nous serions de simples amis qui partagent des centres d'intérêt, comme avec Hal à Londres. Mais plus j'apprends à connaître Jake, plus je passe du temps avec lui, et plus je l'apprécie. J'ai beau essayer d'ignorer les taquineries de Willa… j'avoue qu'il est vraiment canon. Est-ce que ça veut dire que j'ai plus qu'un faible pour lui ? Je ne sais pas trop.

En revanche, il y a une chose dont je suis sûre : Jake me prend pour quelqu'un que je ne suis pas.

ALICE
Combien de temps tu as mis à
me pardonner, franchement,
quand tu as découvert la vérité
l'été dernier ?

LUCA
Euh… pourquoi ?

ALICE
Simple curiosité.

LUCA
Tu te fais de nouveau passer
pour Willa, hein ? J'en étais sûr !

ALICE
Pourquoi je ferais ça ?

LUCA
Parce qu'elle t'a convaincue
que c'était une bonne idée.

ALICE
En fait, c'était l'inverse.

ALICE
Alors, combien de temps ?

LUCA
Je crois… jusqu'à ce que je
comprenne. Et même à ce

moment-là, je n'étais pas trop d'accord avec ce que tu avais fait. Mais j'ai compris pourquoi tu pensais en avoir eu besoin. Donc, malgré ma colère, j'ai pu commencer à te pardonner.

LUCA
Pourquoi est-ce que tu le fais, cette fois ?

ALICE
Franchement ? Je ne suis pas sûre de le savoir moi-même.

ALICE
Sauf que… je n'ai vraiment pas envie d'arrêter.

WILLA

Vendredi – notre dernière journée de tournage au lycée – ne se déroule pas mieux que les jours précédents. Le proviseur Carter revient nous rendre visite. Je passe donc vingt minutes cachée dans le local d'entretien en espérant que personne ne remarque mon absence. Sans succès, bien sûr.

– Je ne sais même pas pourquoi tu prends la peine de venir, me lance Jenn d'un ton sec lorsque je réapparais enfin.

– Ouais, eh bien, on sait tous *exactement* pourquoi tu es là, toi, je réplique avec un coup d'œil entendu en direction de Matty et Fran, penchés ensemble sur le script.

Le visage blême, Jenn s'éloigne d'un pas raide, sans un mot. Je m'en veux un peu de lui avoir parlé de ça, mais je suis surtout contrariée, car rien ne semble se passer comme prévu.

Cet après-midi-là, Fran change d'avis à trois reprises sur la mise en place d'une des scènes, ce qui implique de modifier aussi l'éclairage et la position des caméras – soit, pour Jenn et moi, de déplacer de nouveaux meubles et de tenir de nouveaux projecteurs. Alors que je joue une fois de plus le pied de lampe, je regarde Matty en levant les yeux au ciel. Il se contente de me répondre d'un hochement de tête. Apparemment, le fait que j'aie le bras tout engourdi n'intéresse personne d'autre que moi.

Au moins, avec Alice, nous allons profiter d'un week-end sans tournage ni bénévolat. Je songe à toutes les attractions de Los Angeles que je vais pouvoir lui montrer tout en tenant en place le spot de Tyler assez longtemps pour qu'il l'accroche. Quand Fran annonce que nous en avons terminé pour cette semaine, je décampe plus vite que tous les autres et sors mon téléphone pour écrire un texto à Alice en attendant le bus.

Mais avant que je puisse envoyer mon message, un autre apparaît. De ma mère.

J'ai fini plus tôt aujourd'hui, alors je viens vous chercher à l'asso dès que je me suis changée.

Je le relis, pétrifiée.

Chaque seconde du retour à Santa Monica est insoutenable. Je rebondis avec anxiété sur mon siège et maudis la circulation de Los Angeles pendant tout le trajet. Puis, lorsque le bus s'arrête enfin à ma station, je descends en vitesse et cours au siège de l'association en un temps record – tout ça pour découvrir qu'Alice n'est pas là.

– Oh, je crois que Jake et Willa sont partis explorer les environs, m'informe Darla une fois que j'ai réussi à me frayer un chemin jusqu'à son bureau au milieu d'une foule de gamins avec des sacs-poubelle. Ça m'étonne qu'ils ne t'aient pas appelée, Alice.

Je baisse la tête pour que mes cheveux me couvrent le visage quand elle lève les yeux de son écran d'ordinateur.

– Pas de souci, je réplique. Je vais les attendre sur la terrasse.

Avant qu'elle n'ait le temps de me dévisager, je repars en hâte en essayant de canaliser l'Alice nerveuse qui se cache en moi. Il faut que je la trouve. Et vite.

Où est-elle donc ? Avec Jake le Canon, évidemment. Tu parles qu'elle ne le voit « pas de cette façon » ! Elle est partie passer l'après-midi avec lui sans même m'envoyer un fichu texto pour me prévenir qu'elle serait en retard...

Je regarde l'heure sur mon téléphone. Maman est sûrement déjà en route. Il faut que je prenne une décision. Je tape un rapide message :

Merci, mais je vais emmener Alice voir la jetée, alors on rentrera plus tard en bus. OK ?

Puis j'attends, en pianotant sur la rambarde de la terrasse, de voir qui me contactera la première : ma mère ou Alice.

Au bout d'un moment qui me paraît une éternité, mon portable vibre si fort qu'il rebondit sur la balustrade. Je le rattrape avant qu'il ne tombe dans le sable en contrebas.

OK. À tout à l'heure à la maison. Envoie-moi un texto quand vous serez dans le bus. Bisous. Maman

Je pousse un soupir tandis que mon pouls retrouve un rythme normal. Premier problème : réglé. Deuxième problème…

J'ouvre l'application d'espionnage que nous avons installée sur nos téléphones après la fois où Alice a disparu avec Jake (bon, d'accord, l'appli Localiser), et je cherche la localisation de son portable. J'aurais dû faire ça plus tôt, mais, dans le feu de l'action, j'ai totalement zappé cette solution.

Elle est sur la jetée. Bien sûr. Je pars dans cette direction en gardant un œil sur le point de localisation et note le moment où il se dirige vers moi. Elle ne m'a donc pas complètement oubliée. Super.

Je les repère avant qu'ils ne me voient. Les bras croisés et les pieds plantés dans le sable, je les attends.

Ils marchent la tête penchée l'un vers l'autre et, même de loin, je distingue le grand sourire d'Alice. Quant à Jake… Eh bien, il ne la quitte pas des yeux un seul instant. Elle a eu beau me jurer qu'il n'y avait rien entre eux, ce que je vois me prouve le contraire.

Soudain, Alice relève la tête et son sourire disparaît à ma vue. Elle se tourne aussitôt vers Jake pour lui glisser quelque chose avant de courir vers moi, son nouvel ami sur ses talons.

– Tout va bien ? Pardon pour le retard. On… n'a pas vu le temps passer.

Elle jette un coup d'œil à Jake en prononçant ces derniers mots. Je n'arrive pas vraiment à imaginer Alice trop occupée à embrasser un mec canon pour se souvenir de l'existence de ses amis. Cela dit, elle n'est pas Alice en ce moment, mais Willa.

Et franchement ? Je ne jurerais pas que ce n'est pas mon genre. Ce qui ne me rassure pas du tout.

– Ta mère a envoyé un texto pour dire qu'elle viendrait nous chercher aujourd'hui. Comme je ne te trouvais pas, je lui ai répondu qu'on rentrerait en bus, je lance d'un ton sec.

J'ai oublié qu'à l'évidence, c'est « Willa » qui aurait dû répondre à sa mère. Jake fronce légèrement les sourcils, perplexe, mais garde le silence.

– Ah, d'accord. Euh… tu veux rentrer maintenant ? demande Alice, un peu déconcertée par mon ton glacial.

Tant mieux. Je veux qu'elle sache à quel point je suis fâchée. Nous avons bien failli nous faire démasquer. Si je n'étais pas revenue en avance, si je n'avais pas pu envoyer de texto à Maman avant qu'elle n'arrive à l'association…

Alice et moi n'esquissons aucun geste pour partir. Jake finit par comprendre le message.

– Bon, à lundi, Willa.

Il adresse un petit sourire à Alice avant de remonter la plage vers le bâtiment de l'association. Elle le regarde s'éloigner avec le même sourire discret.

Oh, ça ne va pas du tout. La dernière chose dont j'ai besoin, c'est qu'Alice fasse tout foirer simplement parce qu'elle a un crush pour Jake. Il faut que je mette fin à cette histoire. Tout de suite.

ALICE

Willa attend que Jake soit largement hors de portée de voix pour s'en prendre à moi.

– Où tu étais passée ? Pourquoi tu ne m'as pas écrit ? J'ai cru que ma mère allait arriver et tout faire capoter ! Qu'est-ce qui t'a pris ?

– Willa, je suis désolée. Je t'ai dit, on n'a pas vu le temps passer, c'est tout.

– Parce que tu étais avec *Jake.* (Elle secoue la tête comme un prof désapprobateur.) D'accord, on l'a surnommé Jake le Canon, mais c'était pour rigoler ! Dis-moi que tu n'es pas réellement en train de te lancer dans une histoire avec lui ! Tu sais que ça va mal finir quand il découvrira que tu n'es pas moi.

Je la fixe en digérant ses paroles.

– Parce que, bien sûr, aucun mec ne voudrait traîner avec moi, Alice, c'est ça ?

– Ce n'est pas ce que je voulais dire ! crie Willa. Je ne veux simplement pas que tu ailles trop loin avec Jake. Ou que tu foutes en l'air notre plan à cause de lui.

– C'est ça, le *vrai* problème, hein ? je rétorque. Tu te fiches de moi ou de Jake. Tu ne veux juste pas te faire attraper et devoir arrêter de travailler sur ton film !

– Je veux qu'aucune de nous ne se fasse attraper ! Ne me dis pas que ton père ne péterait pas un câble s'il apprenait que tu te fais de nouveau passer pour moi.

– Mais on ne s'est *pas* fait prendre. On n'était même pas si en retard que ça. À mon avis, je serais de toute façon revenue avant ta mère.

– Et dans le cas contraire ? Si elle était arrivée et que tu n'avais pas été là ? Alors quoi ? demande Willa en faisant les cent pas sur la plage, les poings sur les hanches.

J'ai déjà vu mon amie grincheuse, heureuse, boudeuse, excitée, sûre d'elle, voire un peu hésitante ; jamais furieuse. En tout cas, pas à ce point-là.

Je fronce les sourcils.

– Alors tu aurais pu lui dire que tu assurais tes heures de bénévolat comme tu es censée le faire et que je n'étais pas encore revenue de ma promenade avec Jake.

– Et quand tu serais arrivée avec mes vêtements ? insiste-t-elle d'une voix pleine de fureur.

– Je n'en sais rien, Willa ! Tu aurais pu prétendre m'avoir prêté ta robe préférée pour que j'aie plus confiance en moi avec Jake. C'est toi, l'experte en impro.

– Ce n'est pas la question, réplique-t-elle. (Je vois bien qu'elle est agacée de ne pas y avoir pensé elle-même.) Tu étais censée être là. J'ai dû mentir à ma mère et maintenant, on doit rentrer à la maison en bus…

– Attends !

C'en est trop pour moi. D'accord, j'aurais dû revenir à l'heure prévue. Mais essayer de me culpabiliser parce qu'elle a menti à sa mère… Willa dépasse les bornes.

– Je crois que tu as oublié qui couvre qui. C'est moi qui me fais passer pour une autre tous les jours… encore une fois !

– C'était TON idée ! crie Willa. Et ne me dis pas que ça ne te plaît pas.

Je poursuis sans tenir compte de sa remarque :

– Qui de nous deux doit constamment mentir à des gens sympas ? C'est moi qui assure ta punition, tout ça pour que tu ailles travailler sur un tournage dont tu ne fais que te plaindre depuis le début. Alors je suis désolée si tu as eu peur que je grille ta couverture, mais franchement ? Je méritais bien un après-midi de détente, parce qu'au cas où tu l'aurais oublié, je suis censée être en vacances !

Sur ces mots, je la dépasse en trombe pour me diriger vers l'arrêt de bus.

Au bout d'un moment, elle me suit. Je ne la regarde pas. Elle non plus. Nous attendons le bus en silence. Quelques minutes plus tard, il s'arrête devant nous dans un vrombissement. Nous montons à bord, puis nous asseyons côte à côte, toujours sans un mot, tandis qu'il parcourt les rues de Santa Monica en direction de chez Willa.

Je ne m'attends pas vraiment à des excuses de sa part ; ce n'est pas son genre, d'autant plus qu'elle estime sûrement ne pas être en tort. Mais je ne compte pas non plus lui demander pardon, quand je ne fais qu'essayer de m'accommoder à la situation dans laquelle elle m'a fourrée.

J'ai passé un merveilleux après-midi avec Jake et je ne vais pas m'excuser pour ça.

Nous sommes à mi-chemin lorsqu'elle se tourne brusquement vers moi.

– On ne s'est pas changées.

– Qu'est-ce que tu proposes ?

– On va descendre ici. Viens.

Willa m'attrape la main et me tire d'un coup sec vers la sortie du bus. Quand les portières s'ouvrent avec un sifflement, nous sautons sur le trottoir. Willa me lâche la main et se dirige vers un café aux couleurs vives, sans un regard en arrière pour voir si je la suis.

*

Le café sert des milkshakes et des gaufres. Willa contourne la file d'attente pour se rendre directement aux toilettes. Nous nous changeons en nous parlant et nous touchant le moins possible. Puis, alors que je croyais que nous allions ressortir pour attraper le bus suivant, mon amie commence à faire la queue.

– Quel parfum de milkshake tu veux ?

Je dissimule un sourire. Pour Willa, ça équivaut à de plates excuses.

– Vanille, s'il te plaît.

Je m'installe à la table devant la fenêtre et elle me rejoint quelques minutes plus tard avec deux grands milkshakes : le mien à la vanille, le sien au chocolat avec chantilly et Chamallows.

– Merci.

Lorsque je glisse la paille dans ma bouche pour aspirer ce délice lacté, je croise le regard de Willa assise en face de moi et comprends que c'est à moi de faire le prochain pas.

– Je suis désolée d'être arrivée en retard cet après-midi, Willa. J'aurais dû t'écrire.

– Et moi, je suis désolée de m'être énervée. Je sais que tu fais tout ça pour m'aider. Seulement… ce n'est vraiment pas ce que je voulais dire, à propos de Jake et toi. J'ai juste peur que tu aies le cœur brisé. Ou que tu brises le sien quand tu disparaîtras la semaine prochaine.

– On est amis. On a traîné sur la jetée cet après-midi, c'est tout. Il m'a emmenée faire du manège. Et il m'a dit… qu'il aimait passer du temps avec moi.

Willa écarquille les yeux.

– C'est ce que dit un mec quand tu lui plais.

– Il m'apprécie en tant qu'amie.

– Pas seulement.

– C'était sympa de me balader avec lui.

Je n'ai plus trop envie d'en parler. En tout cas, pas avant de savoir ce que je ressens.

– Mais je suis venue à Los Angeles pour te voir, *toi*, j'ajoute. Et j'ai l'impression que c'est la première fois que j'y arrive.

À ces mots, Willa a l'air un peu coupable, puis elle se déride.

– Eh bien, ça va changer demain ! C'est samedi. On pourra faire tout ce que tu veux. Aller n'importe où, voir n'importe quoi. Alors, qu'est-ce qui te tente ?

Je pense à mon guide de Los Angeles, posé sur ma table de chevet dans la chambre de Willa, avec des Post-it à chaque page ou presque.

– Tout ! je réponds avec un grand sourire.

WILLA

D'habitude, j'aime faire la grasse matinée le week-end. Mais ceci n'est pas le début d'un week-end habituel. C'est la Folle Journée de Willa et Alice à Los Angeles.

Maman paraît un peu étonnée de nous voir habillées et prêtes à prendre notre petit déjeuner avant 9 heures. Toutefois, quand Alice lui montre son guide, elle comprend aussitôt.

– Par où allez-vous commencer ? demande-t-elle tandis que je nous fais griller des bagels.

Je lui lance un regard incrédule.

– Il n'y a qu'un seul endroit par où commencer.

– Ah oui, bien sûr, réplique Maman.

– Hollywood Boulevard ! nous écrions-nous toutes en chœur.

– Amusez-vous bien. Et Willa, je veux des nouvelles régulières, s'il te plaît.

Ma mère attrape son sac, puis, l'air de rien, elle me chipe la moitié de mon bagel.

– Je tourne ce matin, mais je serai libre cet après-midi si vous voulez que je vous rejoigne quelque part ou que je vienne vous chercher.

– Merci, Maman, je réponds avant de jeter un coup d'œil à Alice. Ça va aller.

Les milkshakes de la veille ont largement contribué à recoller les morceaux entre nous après notre première grosse dispute. J'espère que cette journée finira de nous réconcilier.

Chose incroyable, c'est la première fois que nous nous retrouvons seules toutes les deux. Aujourd'hui, c'est *notre* journée.

Maman m'embrasse sur le sommet de la tête.

– Utilise la carte de crédit pour vous acheter à manger et si vous voulez faire une visite, mais essaie de limiter les achats compulsifs, tu veux bien ?

– OK.

Une limitation n'est pas une interdiction *totale* de faire du shopping. C'est déjà ça.

Se rendre n'importe où à Los Angeles prend toujours trop de temps. Nous partons en bus dans la direction inverse à celle de d'habitude et, après un changement et près d'une heure de trajet – une heure pendant laquelle Alice consulte son guide et me lit des informations que je connais déjà –, nous arrivons sur Hollywood Boulevard.

Quand on pense à Los Angeles, ce boulevard est sans doute le deuxième lieu qui vient à l'esprit après le célèbre panneau d'Hollywood. C'est là que les noms des célébrités sont immortalisés à tout jamais en lettres de laiton sur les étoiles du Walk of Fame.

– Qui veux-tu voir en premier ? je demande à Alice.

Nous nous tenons devant le TCL Chinese Theatre, avec une foule de touristes qui attendent de poser mains et pieds sur les empreintes laissées dans le parvis par d'anciennes célébrités.

Mon amie se détourne du bâtiment emblématique qu'elle examinait, le visage rayonnant d'enthousiasme. L'espace d'un instant, je regrette que toute notre semaine ne se soit pas passée ainsi. Sans mon tournage ni ma punition, nous aurions pu venir ici dès le premier jour.

Mais nous sommes là maintenant et je ne vais pas perdre une seule minute à me lamenter sur ce que nous n'avons *pas* fait.

– J'ai une liste, répond Alice en décollant un Post-it de son guide.

– Tu es la touriste la mieux organisée du monde.

– Je ne veux rien rater ! Bon, les étoiles que je voudrais voir… Buzz Aldrin et Neil Armstrong.

– Ce sont des… astronautes, non ? Pas des célébrités ?

– Ce sont les premiers à être allés sur la Lune, fait remarquer Alice. Alors je crois qu'ils peuvent rentrer dans les deux catégories. Leurs étoiles sont au croisement d'Hollywood Boulevard et Vine Street.

– C'est à l'autre bout. On pourra les voir en dernier. Qui d'autre ?

– Euh… Carole King. C'était la chanteuse préférée de ma mère. Et Ella Fitzgerald, pour mon père. Et aussi… Daniel Radcliffe, bien sûr, ajoute-t-elle en rougissant légèrement.

– Harry Potter ? OK.

J'ouvre l'application sur mon téléphone pour savoir où se trouve chacune de ces étoiles. Il y en a plus de deux mille, donc on ne peut pas se contenter d'ouvrir l'œil en espérant tomber dessus.

En chemin, nous nous amusons à repérer des noms que nous connaissons et à en chercher sur Internet quelques-uns dont nous n'avons jamais entendu parler. C'est sympa de bavarder et de rire en se laissant entraîner par la foule, bras dessus, bras dessous pour ne pas être séparées. Avec Alice, j'ai l'impression de redécouvrir ma ville pour la première fois.

Arrivées sur Vine Street, nous prenons quelques photos des étoiles des astronautes avant de faire demi-tour. Sur le chemin du retour, nous nous demandons quelle maison de Poudlard le Choixpeau magique choisirait pour nous – ainsi que pour nos amis et notre famille.

– Hal serait assurément un Serdaigle, je déclare. Et Luca ?

– Un Gryffondor, répond Alice d'un ton catégorique. Courageux et loyal, comme Achille et Hercule.

– Les héros de vieux films ? je m'étonne sans comprendre le lien.

– Les ânes à la ferme de ta tante, explique-t-elle. Je ne t'en ai pas parlé ?

Alice se lance dans une nouvelle histoire sur son séjour en Italie pendant que je la guide vers l'Hollywood and Highland Center, un complexe commercial où l'on trouve les meilleurs churros que j'aie jamais goûtés.

– Je n'arrive toujours pas à croire qu'on ait vraiment échangé nos places l'été dernier, confie Alice, un peu plus tard, en léchant le sucre sur ses doigts. Et je n'arrive pas non plus à croire qu'on recommence…

– C'est si terrible que ça d'être moi ? je demande en riant.

– Non.

Son sourire faiblit légèrement. À quoi pense-t-elle ? Ça n'a pas l'air très agréable, alors je ne lui pose pas la question.

Je me lève d'un bond et m'essuie les mains sur mon jean avant de prendre le guide d'Alice.

– Bon, qu'est-ce que tu veux faire maintenant ? Te faire tatouer sur le Sunset Strip comme toutes les stars ? Visiter des musées et des galeries d'art ? (Je tourne les pages jusqu'à ce qu'un Post-it me saute aux yeux.) Oh, ça y est, j'ai trouvé ! je m'exclame en lui attrapant la main pour la relever. Suis-moi !

ALICE

– Une visite guidée en bus ?

Je ne pensais pas que ce genre d'activité tenterait Willa. J'ai visité Cambridge dans un bus à toit ouvert : en gros, ça consiste à observer de vieux monuments pendant qu'un guide vous raconte des faits intéressants à leur sujet. Moi, j'ai trouvé ça captivant, mais je ne suis pas sûre que ça plaise à mon amie.

– Une visite guidée en bus des maisons de stars, me corrige-t-elle alors que nous faisons la queue pour acheter nos billets.

– Mabel m'en a parlé, je confie en feuilletant le dépliant que Willa m'a donné. Elle en a fait une quand elle est venue à Los Angeles et ça l'a amusée.

Mabel éprouve une sorte de fascination pour les maisons des autres. Ça doit venir du fait qu'elle habite dans de minuscules appartements londoniens depuis si longtemps.

Elle était vraiment excitée de faire des visites avec Papa et moi pour essayer de dénicher la maison idéale pour notre nouvelle famille. Je ne peux m'empêcher de me demander ce que ça m'aurait fait d'entrer enfin dans la *bonne*, de savoir que ce serait notre nouveau chez-nous.

Après avoir récupéré nos casques audio, nous montons dans le bus et nous installons vers le milieu. Willa me laisse la place près de la fenêtre pour que j'aie la meilleure vue.

Le bus nous conduit depuis Hollywood Boulevard vers les demeures des gens riches et célèbres, dans le quartier de Beverly Hills. Pendant que nous progressons lentement dans la circulation de Los Angeles, notre guide, Benny, nous raconte des anecdotes hilarantes sur des visites qui ont mal tourné, comme la fois où les passagers du bus ont vu Al Pacino sortir ses poubelles en robe de chambre, ce qui nous fait tous glousser.

Willa et moi nous chuchotons des remarques sur chaque maison que nous dépassons, tandis que les autres touristes se pressent contre la vitre pour tenter d'apercevoir une star. (Sans succès, bien que les femmes devant nous soient sûres et certaines d'avoir vu Keanu Reeves.)

– À qui appartient cette maison ? je demande, car je ne connais pas le nom annoncé par Benny.

– À une vieille star qui ne fait plus que de brèves apparitions ces derniers temps, je crois, répond Willa. Oh, mais si ça se trouve, on va voir celle de Katy Perry !

– Celle-là n'a même pas l'air aussi grande que votre manoir, je murmure à l'un des arrêts.

– Ouais, enfin, il n'est pas à nous, me rappelle-t-elle. On ne fait que l'emprunter jusqu'au moment de rentrer en Angleterre.

Je n'avais pas réellement pensé au fait que Willa et moi allions vivre un jour dans le même pays.

– Ta mère va peut-être s'installer à Londres, je lance, soudain excitée à cette idée. Tu pourrais aller dans le même lycée que moi !

– Ce serait génial ! approuve mon amie.

– Tu aimerais avoir ta propre maison avec ta mère ? je demande en songeant encore à mon futur nouveau chez-moi.

Willa réfléchit.

– Oui, je crois. Ça me plaît de passer d'une ville à une autre, mais ce serait sympa de rester installées quelque part un moment. En plus, on ne peut pas décorer la maison d'Harrison. Moi, j'aimerais bien personnaliser ma nouvelle chambre. Cela dit, peu importe l'endroit que choisira ma mère, ça me fera bizarre d'y vivre sans mon père.

– Je comprends.

Ces derniers temps, le pincement au cœur que je ressens toujours en pensant à Maman n'est plus aussi fort. C'est plutôt le souvenir de notre bonheur passé en tant que famille et la tristesse de l'avoir perdue qui prennent le dessus.

– Le premier endroit où mon père et moi avons habité sans ma mère était tellement étrange.

– Maintenant, tu vas avoir une nouvelle maison avec lui et Mabel, ajoute Willa en me lançant un regard en coin. Tu te fais un peu à l'idée ?

Je hausse les épaules.

– Je ne sais pas. Je crois que je ne me sens pas intégrée à ce projet en étant ici. Ça ira peut-être mieux quand je rentrerai.

– Sûrement, confirme-t-elle avant d'observer un immense manoir par la vitre. En tout cas, pour moi, la seule chose qui rend ces maisons célèbres, ce sont les gens qui y habitent. Et la seule chose qui fait qu'on se sent chez soi, ce sont les personnes avec qui on vit, non ?

– Ouais, c'est vrai.

Peut-être que je me sentirais plus chez moi à Londres si Willa venait s'y installer. Ce serait super.

Après s'être éloigné des dernières maisons de célébrités, le bus commence à monter dans les collines derrière Los Angeles.

– Tu crois qu'on traînerait ensemble et qu'on serait toujours amies si on était dans le même collège ? je demande.

Notre quotidien à l'école est différent. Willa ne passe sans doute pas toutes ses pauses déjeuner à la bibliothèque, par exemple. Et moi, je ne ferai jamais partie du club de théâtre.

– Aujourd'hui ? Absolument, affirme-t-elle avec le genre de certitude que je n'éprouve que rarement. Enfin, si on s'était rencontrées à l'école… peut-être pas. Mais maintenant… tu es ma meilleure amie, Alice. Même si tu vis à des milliers de kilomètres. Bien sûr qu'on traînerait ensemble !

Un peu gênée, je baisse les yeux sur le guide dans mes mains.

– Toi aussi, tu es ma meilleure amie. Toi et Luca. Je ne sais pas ce que ça révèle sur moi, le fait que tous mes amis vivent dans un autre pays…

– Que tu as très bon goût et que tu te réserves pour les meilleurs, lance Willa d'une voix prétentieuse qui nous fait éclater de rire.

– Je suis contente qu'on ait pu passer cette journée ensemble, je lui confie.

– Moi aussi. Et je suis sincèrement désolée qu'on n'ait pas eu beaucoup de temps toutes les deux. Je n'arrive pas à croire que la semaine prochaine, à la même heure, tu feras tes bagages pour rentrer chez toi.

– On pourrait essayer de se voir un peu plus cette semaine ? je suggère.

Willa hoche la tête avec vigueur.

– Carrément ! De toute façon, Fran nous fait tourner sur la plage près de Santa Monica, donc ça devrait être beaucoup plus facile pour moi d'aller et venir en douce.

– Génial !

– Si tu as le temps entre deux sorties avec Jake, évidemment, ajoute Willa d'un ton espiègle.

– Je te l'ai dit, je réplique, les yeux levés au ciel. Jake est super, mais c'est toi que je suis venue voir à Los Angeles. OK ?

Ma réponse la fait sourire.

– OK. Très bien.

– En plus… je n'arrive pas vraiment à me détendre avec lui. Pas comme avec toi. Quand on est toutes les deux, je suis moi-même, alors qu'avec lui… je deviens une sorte d'hybride entre Willa et Alice. Je reste un peu moi-même, parce que tout ce que fait l'association m'intéresse et que je n'ai pas oublié tout ce que mon père m'a appris. Mais je porte tes vêtements et je fais des présentations en public, ce dont je ne serais jamais capable si j'étais juste Alice.

– Pourtant… c'est bien toi qui as parlé sur cette estrade, rétorque Willa, les sourcils froncés. Jake t'appelle peut-être par le mauvais prénom, mais ce ne sont pas mes vêtements qui t'ont permis de faire cette présentation devant une salle remplie de gamins inconnus. Ça, c'était entièrement toi.

– Oui, les informations venaient de moi, je concède. Par contre, l'assurance… c'était plutôt Willa.

– Comme si tu faisais du cinéma, déclare mon amie d'une voix lente. En jouant mon rôle.

– Exactement comme prévu.

C'est ce que je voulais, non ? Venir à Los Angeles et retrouver cette confiance en moi que je ne semble avoir qu'en me faisant passer pour Willa.

Sauf qu'à Los Angeles, j'ai l'impression de vivre dans un film, sur un tournage. Comme si le décor derrière moi pouvait disparaître à tout instant et que j'allais redevenir simplement Alice. Je ne m'imagine pas rester la personne que Jake connaît une fois de retour à Londres.

S'intéresserait-il encore à moi s'il savait qui j'étais réellement ? Je ne peux pas en être sûre. Voilà ce qui, plus que tout le reste, me retient d'examiner davantage mes sentiments pour lui.

Le bus prend un nouveau virage et, soudain, nous le voyons de près – ou, du moins, le plus près possible – : le célèbre panneau d'Hollywood, brillant dans la lumière du soleil au-dessus de la ville.

Une ville où les gens viennent depuis des décennies poursuivre leurs rêves. Réaliser leurs fantasmes. Devenir ce qu'ils ont toujours cru pouvoir être.

Comme moi. Et je m'approche peut-être du but, seulement pas tout à fait comme prévu. Car plus je me fais passer pour Willa, plus je me sens de nouveau moi-même.

WILLA

Alice garde le silence sur tout le trajet du retour, le long du Sunset Strip, jusqu'à Hollywood Boulevard. Nous grimpons ensuite péniblement dans un autre bus pour rentrer à la maison. Je me dis qu'elle est juste fatiguée – comme moi. Toutefois, c'est le genre de fatigue qu'on ressent après une excellente journée, alors tout va bien.

Le lendemain est le dimanche de Pâques. Nous mangeons donc des pancakes au chocolat au petit déjeuner et des œufs de Pâques en guise de déjeuner. Maman essaie de nous cuisiner un vrai rôti du dimanche, mais, puisque sa tentative se passe à peu près aussi bien que d'habitude, nous sommes ravies qu'il nous reste du chocolat.

Après un week-end à s'amuser et se détendre, je rejoins l'équipe sur le tournage à Santa Monica lundi matin avec bien plus d'espoir que je n'en avais vendredi. Nous tournons à Palisades Park et, par chance, ce sont des scènes de notre époque, ce qui est beaucoup plus facile.

Avec la lumière du soleil, l'éclairage n'est pas mal non plus et tout le monde semble de bonne humeur après le week-end. Je réussis même à sourire à Jenn à son arrivée. Bien sûr, elle ne me rend pas la pareille, mais, au moins, j'aurai essayé. Je m'en veux peut-être encore un peu de ma remarque de vendredi.

Les paroles de Matty me sont aussi restées en tête pendant nos deux jours de congé, et j'y ai pensé d'autant plus en parlant avec Alice de la façon dont elle collabore avec Jake. J'ai beau vouloir me concentrer sur mon documentaire, je veux également faire partie de l'équipe, comme Alice fait partie de l'association. Matty a raison. J'ai promis de m'investir dans ce film et je vais tenir parole.

Je me lance donc dans un nouveau rôle : celui de la fille serviable – bien que je veille toujours à garder ma mini-caméra à portée de main pour filmer les moments à ne pas rater. Ce matin, je vais même chercher le café pour épargner cette corvée à Jenn, ce qui me permet aussi d'avoir le latte glacé que je voulais plutôt que a) rien ou b) un américano noir et amer, la seule boisson qu'elle ait jamais daigné m'apporter.

À mon retour, les membres de l'équipe sont rassemblés autour du chariot d'accessoires et parlent tous en même temps.

– Qu'est-ce qui s'est passé ? je demande en commençant à distribuer les cafés.

Tout le monde fixe Jenn. Sauf Matty, qui a les yeux posés sur le chariot, un bras passé autour des épaules de sa petite amie dans un geste réconfortant. Je suis son regard et vois aussitôt le problème.

D'un temps à l'autre se déroulant à deux époques différentes, Fran a imaginé quelques techniques visuelles pour relier les histoires. Par exemple, des photos de Bethany et Polly en tenue des années 1980 accrochées au mur dans une des scènes contemporaines. Ou des accessoires présents dans les deux histoires – dont le plus important est un livre.

Ce dernier – une édition originale de *De retour du paradis*, le premier roman de Beatrix Frost, que Fran a chipé dans la bibliothèque de sa grand-mère – est celui que lit Polly lors de sa rencontre avec Bethany. C'est ce qui les aide à se rapprocher. Et l'idée est que, dans les scènes de 2020, Kat ait trouvé l'ouvrage dans la bibliothèque de sa propre grand-mère et le lise à Finn pendant qu'ils flânent à Palisades Park. Ce livre figure dans au moins la moitié des scènes qu'il nous reste à filmer, dont celle de fin, cruciale, sur la plage. Sauf qu'il est salement abîmé.

– Qu'est-ce qui lui est arrivé ? je murmure à Fran lorsqu'elle me prend son café.

– Jenn a pensé qu'il devait avoir l'air plus vieux, répond-elle d'un ton sec, comme si elle arrivait à peine à contenir sa colère.

– Parce que ce ne serait pas réaliste qu'il soit exactement dans le même état en 2020 qu'en 1988, ajoute Matty, sur la défensive. C'est logique.

Fran se retourne brusquement vers Jenn et lui.

– Oui, Matty, je t'en prie, réexplique-moi comment renverser du café sur l'accessoire le plus important du film était une bonne idée. Je ne suis pas sûre d'avoir bien compris.

La fureur dans sa voix me fait grimacer. Les yeux baissés sur le livre, je vois les pages gondolées et la couverture tachée.

– Elle n'a pas renversé de café dessus ! riposte Matty. Elle m'a demandé si j'estimais qu'il fallait le vieillir et je lui ai donné mon accord, en tant que directeur de la photographie. Elle a donc astucieusement utilisé du marc de café et un pinceau pour colorer le bord des pages et…

– Et puis elle a renversé la tasse entière sur le livre ! conclut Fran dans un cri.

– Sans le faire exprès ! hurle à son tour Matty.

Les mains sur le visage et les épaules tremblantes, Jenn pleure en silence. Je sens une vague de compassion monter en moi. Je suis peut-être un peu une paria sur ce tournage, mais ça ne m'a pas échappé que Jenn aussi – alors qu'elle fait beaucoup plus d'efforts que moi pour s'intégrer. Et maintenant qu'elle a commis une bourde, aucun membre de l'équipe ne semble prêt à lui pardonner, bien que ce soit effectivement un accident. C'est donc à moi de l'aider.

– Je peux arranger ça. Tout ce qu'il nous faut, c'est un autre livre, non ? Alors continuez à tourner les scènes où vous n'en avez pas besoin pendant que je vais en chercher un nouveau.

– Ça doit être exactement la même édition, précise Fran avec un soupçon de mise en garde dans la voix, mais aussi une once d'espoir. S'il n'est pas identique, tout est fichu.

– Comme le livre, marmonne Tyler.

– C'est un roman d'une célèbre auteure britannique. Je vais en trouver un autre, j'en suis sûre. Aujourd'hui, on déniche tout et n'importe quoi sur Internet. Laissez-moi m'en occuper.

Personne n'a l'air certain de vouloir me confier cette tâche.

– Les gars, je peux y arriver ! j'insiste.

Fran regarde son équipe, puis hausse les épaules.

– Bon, qu'est-ce qu'on a à perdre ? D'accord. Willa, va chercher un livre de remplacement. Les autres, on passe au tournage de la scène suivante dans le parc, alors on prépare les costumes et le décor. C'est parti ! conclut-elle en tapant dans ses mains.

J'imagine que ça me concerne aussi. J'attrape donc mon sac et mon café glacé, avant de me diriger vers un endroit où on capte correctement. C'est le moment de faire ce que je sais faire le mieux : du shopping.

Sauf qu'il s'agit d'acheter un *livre* – un domaine où je ne suis pas vraiment une experte. Mais par chance, je connais une fille qui l'est…

TEXTOS

WILLA
Si tu devais trouver un vieux livre très vite, comment tu ferais ?

HAL
Je demanderais à Alice.

WILLA
Bien sûr que je vais demander à Alice. Mais elle est occupée en ce moment et elle ne répond pas sur son portable, alors j'essaie de commencer toute seule.

HAL
Regarde sur Amazon.
Tu savais qu'à une époque, ils ne vendaient que des livres ?

WILLA
Et si Amazon n'avait pas la bonne édition ?

HAL
J'irais chez mon bouquiniste préféré, sur Charing Cross Road.

WILLA
Ça ne m'aide pas, puisque
je suis à Los Angeles.

HAL
Bon, d'accord. Si je devais
vraiment trouver un vieux livre
dans une édition particulière
et que j'étais pressé, tu veux
savoir ce que je ferais ?

WILLA
OUI !

HAL
Va chercher Alice
et demande-lui en personne.

WILLA
Je suis déjà en chemin.

ALICE

– Ce qu'il faut retenir, c'est qu'il s'agit d'une marche de *sensibilisation*, nous explique Darla depuis l'entrée du bureau. Alors même si nos pancartes et nos affiches peuvent être distrayantes et amusantes, je veux aussi qu'elles soient instructives. Je veux que ceux qui les lisent *apprennent* quelque chose et aient envie d'en savoir plus. D'accord ?

Un murmure d'approbation s'élève dans la pièce. Je suis assise au fond, à côté de Jake, le visage légèrement couvert par mes cheveux au cas où elle se rendrait compte que je ne suis pas Willa – mais, pour être franche, la mère de Jake semble bien trop occupée à préparer la marche SOS de ce week-end pour se soucier d'une bénévole enrôlée de force.

– Nous n'avons plus que cinq jours pour être prêts et il reste encore beaucoup à faire, poursuit-elle. J'aimerais donc passer en revue la liste des tâches pour voir qui se charge de quoi.

– Et nous, qu'est-ce qu'on est censés faire ? je chuchote à Jake.

– Aider à fabriquer les pancartes, je crois. Tu connais des jeux de mots instructifs sur la vie marine ? ajoute-t-il avec une grimace.

– « La vie sur Mars(ouin) » ? je suggère au souvenir de son tee-shirt le jour de notre rencontre.

– « Pour que la mer garde la pêche » ? rétorque-t-il.

Je me mords la joue pour me retenir de rire.

Pendant que Darla épluche la liste des responsabilités, j'observe tous les bénévoles autour de moi. Puis je fronce les sourcils lorsqu'un mouvement attire mon regard.

– Ce n'est pas Alice ? murmure Jake en indiquant la fenêtre à notre gauche, derrière laquelle Willa agite frénétiquement les bras pour capter notre attention.

Je ressens un pincement au cœur quand il l'appelle par mon prénom et je me force à me remettre dans la peau de mon personnage. Les jeux de mots sur la mer n'amusent pas Willa.

– Si. Je vais voir ce qu'elle veut.

Je quitte ma place aussi discrètement que possible et me dirige vers la sortie, suivie de Jake.

– Enfin ! s'exclame mon amie alors que la porte se referme derrière nous. Vous étiez tellement absorbés par ce qui se passe là-dedans que j'ai bien cru que vous n'alliez jamais me voir ! D'ailleurs, qu'est-ce qui se passe ? Projection de film ? Atelier beignets ? Danse de poulpe vivant ?

– Préparation de la marche de sensibilisation de samedi, je réponds. (Je ne veux même pas savoir ce qu'est une danse de poulpe vivant.) Quel est le problème ?

Je jette un coup d'œil à Jake, en espérant que Willa puisse aborder le sujet devant lui.

– Euh…

Son regard oscille entre nous et je vois bien qu'elle essaie d'imaginer une histoire crédible. Puis, apparemment, elle abandonne.

– Je dois dénicher un roman de Beatrix Frost dans une édition très précise des années 1980 et le faire parvenir ici demain matin au plus tard.

– Mais bien sûr, je réplique, stupéfaite.

– Euh… pourquoi ?

Je me tourne vers Jake, qui a levé la main pour poser la question. C'est adorable. Sauf que j'essaie de ne pas le trouver adorable.

Willa me fixe, sans doute pour que je l'aide. Je hausse les épaules, car je n'ai pas de solution. En outre, je n'ai aucune idée de la vraie raison pour laquelle elle a besoin de cet obscur roman, alors comment pourrais-je inventer un faux prétexte ?

– Je, euh…, bredouille-t-elle. Je me suis fait de nouveaux amis sur la plage. Ils réalisent un film pour l'école et ce livre était un de leurs accessoires. Mais quelqu'un – pas moi – a renversé du café dessus sans faire exprès et maintenant, ils doivent le remplacer. Ils ont déjà tourné beaucoup de scènes avec, donc il faut que ce soit exactement la même édition, sinon ce ne sera pas raccord.

– Tu as cherché sur Amazon ? suggère Jake.

Willa lui lance un regard noir. Je réfléchis vite.

– Bon. D'accord. Est-ce que tu as l'original ?

Elle fouille dans son sac et me donne le malheureux livre de poche marron, taché de café. C'est à peine si je distingue le nom de l'auteure sur la couverture.

– On va utiliser les ordinateurs de la suite pédagogique, je déclare d'un ton résolu. Viens. Si quelqu'un peut trouver ce livre, c'est bien nous.

Le problème avec un ouvrage vieux d'une quarantaine d'années, c'est que les exemplaires restants semblent avoir voyagé par monts et par vaux durant les décennies écoulées entre-temps.

– J'en ai un… au Japon, indique Jake après plusieurs minutes de recherche sur Internet.

Je pensais bien qu'un livre aussi populaire existerait encore en nombre suffisant, et j'avais raison. Le plus dur est de dénicher la bonne édition. À plusieurs reprises, je crois avoir réussi, pour finir par me rendre compte que la couverture ou le format diffèrent. Ou qu'il est en Russie ou en France. Voire en Australie.

– C'est sans espoir, lâche Willa en posant brutalement sa souris sur le bureau avant de s'affaler sur sa chaise. Personne ne pourra nous faire parvenir un de ces exemplaires à temps pour les scènes de demain… ou même avant qu'on termine le tournage à la fin de la semaine.

Jake et moi échangeons un regard.

– Tu es très investie dans la recherche de ce bouquin, hein ? lance-t-il.

Willa semble prendre conscience que son histoire inventée n'explique pas totalement son degré de frustration.

– Je, euh… C'est juste que j'ai promis de les aider. Et je déteste décevoir les gens.

Ça, au moins, c'est le genre de chose que je pourrais dire.

– Tu es sûre que le film ne peut pas continuer sans le livre ? je demande.

– Certaine, soupire-t-elle. Il va falloir que je retourne là-bas leur avouer que j'ai échoué.

Je grimace pour elle, car l'échec ne fait pas partie du répertoire de Willa Andrews. Je sais combien ce film compte à ses yeux et je voudrais l'aider.

– On devrait peut-être réfléchir à un niveau plus local, suggère Jake en prenant une photo du livre avec son téléphone. Attendez.

Quelques instants plus tard, mon portable vibre dans ma poche. Quand je consulte mes notifications, je découvre un post de l'Association de protection du littoral demandant de nous aider à trouver notre livre et de partager ce post.

– Ça ne dérangera pas ta mère que tu utilises le réseau social de l'association à des fins personnelles ? je m'étonne.

– Hé, ce n'est pas pour moi, mais pour Alice, réplique-t-il en m'adressant un sourire. En plus, pourquoi ne pas aider les gens quand on peut, comme on peut ?

– Merci, Jake, répond Willa d'une voix plus faible que d'habitude. C'est très sympa.

Les sourcils froncés, j'essaie de saisir une pensée bloquée à la périphérie de mon cerveau.

– Un niveau plus local…, je marmonne dans ma barbe.

– Quoi ? fait Jake.

– Ne t'inquiète pas, le rassure Willa. C'est sa voix intérieure.

– Ça y est ! je m'exclame en attrapant mon sac pour en sortir mon guide de Los Angeles. Il y a une librairie que je voulais aller voir…

J'ouvre le guide pour leur montrer la page en question.

– Une vraie librairie à l'ancienne, commente Jake, stupéfait. Pourquoi on n'y a pas pensé plus tôt ?

– Internet ne règle pas tous les problèmes, répond Willa. Allez, qui est partant pour une petite virée ?

Située dans le centre-ville de Los Angeles, *The Last Bookstore* est mon rêve de lectrice devenu réalité, depuis l'enseigne lumineuse dans la devanture de l'ancienne banque jusqu'aux rayonnages aux couleurs de l'arc-en-ciel et au *book art*, et du fantastique labyrinthe de livres à Millie, l'employée aux cheveux violets qui nous aide à fouiller dans les piles.

Au bout d'un moment, nous perdons Jake, attiré par d'incroyables bacs de vinyles. Willa, Millie et moi continuons néanmoins à chercher. Nous ratissons une étagère après l'autre, des rayons classiques à la section littérature américaine en passant par les bacs de dons récents. Willa finit par s'écrouler dans un des fauteuils en cuir rouge dispersés dans le gigantesque magasin tandis que je poursuis ma quête.

– C'est celui-là ?

Millie brandit un exemplaire, un peu usé mais sans aucune tache de café, du premier roman de Beatrix Frost, *De retour du paradis*. Assise dans un coin, Willa se redresse brusquement dans son fauteuil et ressort l'original de son sac. Nous tenons les deux côte à côte pour les comparer jusqu'à être satisfaites.

– C'est le bon, déclare-t-elle d'un ton légèrement stupéfait. On a réussi !

– C'est vrai, je confirme en adressant un grand sourire à Millie. Merci beaucoup !

– Ça fait partie de mon travail, nous répond la libraire.

Après avoir payé le livre, nous allons chercher Jake (avec ses achats) et retournons vers la station de métro.

– Tes amis seront encore en train de tourner à notre retour ? demande-t-il.

Willa consulte son portable et secoue la tête.

– À l'heure qu'il est, ils doivent avoir fini leur journée. Mais je pourrai leur faire la surprise demain ! ajoute-t-elle en serrant le livre contre sa poitrine. Merci à tous les deux ! Je n'y serais pas arrivée sans vous.

– Oh, je ne sais pas, je la taquine. Je ne t'ai jamais vue ne pas obtenir ce que tu voulais.

– Tu as raison, réplique Willa, rayonnante, avant de lancer un coup d'œil entendu en direction de Jake. On dirait qu'on finit *toutes les deux* par obtenir ce qu'on veut quand on est ensemble, non ?

Je la fusille du regard sans pouvoir m'empêcher de sourire.

WILLA

Le lendemain matin, j'arrive triomphalement à l'endroit convenu à Palisades Park. Ça m'a pris une journée entière – une journée où j'ai raté des tas d'occasions de filmer –, mais j'ai accompli l'impossible. J'ai déniché la parfaite réplique sans tache de café du livre dont on a besoin. Je suis une héroïne. Pendant environ vingt secondes.

À mon arrivée, je me dirige tout droit vers Jenn. Elle ne m'apprécie peut-être pas beaucoup – et c'est réciproque –, toutefois elle était bouleversée hier, alors elle sera sûrement ravie que j'aie trouvé le livre.

– Je l'ai !

Je trottine vers elle en agitant mon butin. Elle me l'arrache des mains et la compassion que j'éprouvais à son égard disparaît aussitôt.

– Super. Maintenant, si tu commençais à t'investir ici au lieu de traîner avec tes potes ? Je vais prévenir Fran qu'on a résolu le problème de l'accessoire. Toi, tu peux prendre les commandes de café.

Sur ces mots, elle s'éloigne à grands pas avec le livre que j'ai mis tant d'heures à dénicher. Je sais qu'une fois qu'elle aura abordé Fran, ce n'est pas de *mon* glorieux exploit qu'elle lui parlera, ni même du *nôtre.* Ce sera elle seule, l'héroïne. Quant à moi, je redeviendrai la préposée au café.

Et j'ai raison. Quand Fran nous appelle tous pour son discours d'encouragement avant le tournage, Jenn se tient à ses côtés, souriante, l'ouvrage dans la main.

– Notre incroyable Jenn nous a trouvé un livre de remplacement ! annonce la réalisatrice.

Tous les autres poussent des cris de joie et applaudissent, comme s'ils avaient oublié que a) c'est elle qui a détruit l'exemplaire d'origine et b) c'est moi qui ai disparu une journée entière pour en chercher un nouveau !

– Mais on a perdu un peu de temps hier, poursuit Fran. En plus, avec toutes les scènes de plage à tourner, je pense qu'on va devoir adapter le planning et terminer le tournage samedi au lieu de vendredi. C'est bon pour tout le monde ?

Le ton de sa voix laisse entendre que ce n'est pas vraiment une question. Nous acquiesçons tous, bien que je me demande à quoi servira ma présence. Samedi est la dernière journée d'Alice à Los Angeles et aussi le jour de la marche de sensibilisation. Les autres remarqueraient-ils mon absence – en dehors de leur pause-café ? Cela dit, il faut que le fameux « C'est dans la boîte ! » figure dans mon documentaire. Je dois donc être là pour filmer ce moment. En plus…

– Alors on fera notre fête de fin de tournage samedi soir, OK ? Jenn, si tu t'en occupais, puisque tu es au taquet cette semaine ? Willa pourra t'aider.

Ah oui ? Et comment ! S'il y a une experte en organisation de fêtes, c'est bien Willa Andrews. L'idée ne semble pas ravir Jenn, mais tant pis pour elle. Je vais organiser la meilleure fête de leur vie – et aussi la filmer.

Ce n'est pas pour autant que j'en veux moins à Jenn. Je la mets au pied du mur, derrière le chariot d'accessoires, une fois le reste de l'équipe parti préparer les plans de la journée.

– Tu t'es attribué tout le mérite, hein ?

– Je suis responsable des accessoires, répond-elle avec un haussement d'épaules. J'ai un nouveau livre pour remplacer l'ancien. Peu importe comment c'est arrivé.

– Pas pour moi.

Jenn soupire et lève les yeux du tiroir supérieur du chariot pour me jeter un regard noir.

– Willa, quand vas-tu te rendre compte que tu es la personne la moins importante ici ? Ils se fichent tous de savoir où tu étais hier. La moitié d'entre eux n'ont sûrement même pas remarqué ton absence. Et puis, ce n'est pas comme si tu nous avais beaucoup aidés jusqu'ici.

Je la fixe, bouche bée. J'ai été d'une grande aide ! J'ai déplacé des meubles et tenu des projecteurs – sans cesser de me plaindre car je voulais filmer mon documentaire.

Tu ne fais pas encore partie de l'équipe. Les paroles de Matty résonnent dans ma tête tandis que Jenn s'éloigne d'un pas raide, sans doute pour effectuer une tâche plus utile que tout ce que j'ai pu faire de mon côté. Il avait raison. Ils ne se sont même pas aperçus de mon absence hier. Je ne fais pas partie de l'équipe. Du moins, *pas encore.*

C'est sur ces deux mots que je dois me concentrer. J'ai cinq journées entières devant moi pour prouver aux autres que je fais bien partie de leur équipe. Que j'ai apporté une précieuse contribution au film – contribution qui mériterait d'être mentionnée au générique, par exemple, ou à M. Harris, le prof de cinéma, quand il choisira les élèves de son cours d'option l'année prochaine.

Et aussi pour me prouver que c'est quelque chose dont je suis capable et que j'ai *envie* de faire. Et je vais commencer maintenant.

Après avoir ravalé ma colère contre Jenn au sujet du livre et pris une profonde inspiration, je souris et pars voir qui je pourrais aider.

*

Le reste de la journée se passe beaucoup mieux que la semaine précédente. Quelle part de cette amélioration est due à mon changement d'attitude et quelle part au fait que nous avons simplement pris nos marques, je l'ignore. Même Matty me chuchote un « Bien joué ! » après le tournage d'une scène particulièrement délicate. J'apporte ensuite le déjeuner pour que tout le monde fête ce succès.

Aller chercher à manger et à boire et déplacer des éléments de décor peut sembler sans intérêt dans ma formation de réalisatrice, mais ça compte en revanche dans mon apprentissage du travail d'équipe. Et tout le monde est aussi bien plus disposé à m'accorder de petites interviews.

Je suis donc plutôt de bonne humeur quand je rejoins Alice à l'association.

– J'ai réfléchi, commence-t-elle pendant que nous nous changeons. Maintenant que vous tournez sur la plage, on aura plus de chances d'être dans le coin au même moment. Ce sera plus facile pour nous de passer du temps ensemble, mais ça signifie aussi que plus de gens risquent de nous voir toutes les deux. D'après toi, on arrivera à poursuivre l'échange ? Je devrais peut-être avouer la vérité à Jake. Ça réglerait le problème, non ?

– On pourrait aussi simplement continuer comme la semaine dernière et être un peu plus prudentes quand je serai ici, je réplique en lui rendant son tee-shirt. J'ai l'impression que notre plan fonctionne assez bien. Sauf si tu as *envie* d'en parler à Jake…

Avec un soupir, Alice s'assied sur l'abattant des toilettes.

– Je ne sais pas. Peut-être. C'est juste que… Non. Je veux dire, je suis Willa avec lui : j'ai confiance en moi, je vais de l'avant, je porte le genre de vêtements que je n'oserais jamais mettre à Londres... Il apprécie cette version de moi, enfin, avec mes connaissances sur la mer et le changement climatique. L'Alice sérieuse et barbante ne lui plaira sans doute pas autant.

Je hausse les épaules.

– Personnellement, je crois que c'est toi qu'il apprécie, peu importe ton prénom.

Alice semble penser qu'elle devient une personne complètement différente quand elle se fait passer pour moi. Tout ce que je vois, c'est qu'elle se détend et s'autorise à être celle qu'elle *voudrait* être le reste du temps.

– À ton avis, comment il va réagir si tu lui parles ? je demande. Est-ce qu'il nous pousserait à révéler la vérité à tout le monde ?

Il a l'air d'être un bon Samaritain, or la dernière chose que je veux, c'est qu'il fasse culpabiliser Alice au point qu'on doive tout avouer.

– Je ne sais pas, soupire-t-elle. Je ne crois pas qu'il le répéterait. Mais... Non, c'est mieux de garder le secret. Autrement, il faudrait qu'on se dise au revoir samedi, après la marche. Si je ne fais rien, il pensera que je suis toujours à Los Angeles – comme toi – et qu'on pourrait se croiser par hasard. Ce n'est pas trop grave.

– Si tu le dis.

Se confier à Jake ou non, c'est à Alice de choisir. Je dois me fier à son jugement.

– Allez, viens. Il faut qu'on y aille, sinon ma mère va entrer nous chercher.

Maman est la seule à savoir nous distinguer sans difficulté. Et nous avons réussi à la tenir à distance depuis le premier jour. C'est pourquoi mon cœur fait un bond quand, à notre sortie des toilettes, nous la découvrons sur le seuil du bureau de Darla.

– Oh, ça ne sent pas bon, je chuchote.

Alice hoche la tête, les yeux écarquillés d'effroi.

– Super ! lance ma mère à Darla. Alors c'est décidé pour samedi. Je suis vraiment contente qu'on ait réussi à s'organiser. Je m'y prends au dernier moment, je sais, mais c'est parfois ce qui rend ces événements plus vivants.

– Absolument. (Darla apparaît à côté d'elle et Alice se cache aussitôt derrière moi.) Avec la marche de sensibilisation dans l'après-midi, tout devrait se goupiller parfaitement. Merci encore, Sarra !

Maman hausse les épaules.

– Remercie plutôt je ne sais quel gros bonnet de la télé qui vient de sortir une bêtise sur le changement climatique. Mon producteur cherche désespérément un moyen de se faire un peu de publicité positive sur l'environnement et je me trouve simplement au bon endroit au bon moment pour que ça se réalise.

– Merci aussi de nous avoir prêté Willa cette semaine ! poursuit Darla, et Alice me serre fort la main. Ta fille est une vraie bénédiction, elle a beaucoup aidé Jake. Je ne sais pas comment on y serait arrivés sans elle.

Ma mère paraît un peu surprise, car elle sait bien que je ne suis pas là par choix.

– Salut, Maman ! je lance en tirant Alice devant elles à toute vitesse.

– Au revoir, Darla ! ajoute mon amie au passage.

Ce qui, avec un peu de chance, contribue à embrouiller encore davantage la situation.

Une fois dehors, nous nous dirigeons tout droit vers la voiture, avant de nous adosser au métal brûlant en attendant que Maman nous rattrape.

– À ton avis, de quoi est-ce que ta mère parlait avec Darla ? demande Alice.

– Aucune idée, je réponds. Mais on ne va sûrement pas tarder à le savoir.

Hélas, j'ai raison.

ALICE

Je vais être franche. Malgré ma curiosité, je ne prête pas trop attention à Mme Andrews lorsqu'elle arrive à la voiture, car toutes mes pensées sont encore tournées vers ma conversation avec Willa dans les toilettes. Dois-je révéler ou non la vérité à Jake ?

J'ai assurément appris quelques petites choses en me faisant passer pour Willa l'été dernier, parmi lesquelles au moins une ou deux erreurs que je n'ai pas l'intention de répéter. En particulier : Luca.

Luca a été un super ami pour moi pendant les trois semaines de mon séjour en Italie. Et quand il a découvert que je lui mentais depuis le début… ça ne s'est pas bien passé. Je ne veux donc pas que cette situation se reproduise avec Jake.

Ce qui me laisse, je crois, deux options. La première : lui avouer la vérité en espérant qu'il parvienne à l'accepter. La seconde : espérer qu'il ne la découvre jamais et ne plus lui reparler après mon départ de Los Angeles dimanche.

Quand je considère mon dilemme sous cet angle, je me dis que je dois vraiment tout lui révéler, non ? Mais s'il me détestait de lui avoir menti ? Jake est du genre honnête. Et cette fois, je n'ai même pas de bonne excuse, à part : « Willa devait être ailleurs, alors j'ai proposé de la remplacer. » Il ne va pas comprendre que me faire passer pour elle me donne l'occasion d'être celle que je n'aurais jamais le courage d'être toute seule.

Ce qui m'amène à ma deuxième crainte : et si je ne pouvais pas rester la même une fois qu'il connaîtra la vérité ? Voilà ce qui m'occupe l'esprit quand Mme Andrews commence à parler d'un gala de bienfaisance samedi soir, après la marche.

– Bien sûr, Darla et son équipe seront accaparés par la manifestation, mais c'était le seul jour qui nous convenait, alors j'ai promis de me charger de l'aménagement de la salle et de la supervision. Willa, Darla a accepté que tu ne participes pas à la marche pour m'aider.

C'est cette dernière phrase qui retient mon attention. J'ai travaillé dur sur cet événement, donc pas question pour moi de le rater.

De toute façon, ce n'est pas mon aide que souhaite Mme Andrews, n'est-ce pas ? C'est celle de Willa. Et si j'avoue la vérité à Jake, peut-être qu'en dehors de lui, ma présence à la manifestation passera inaperçue…

Puis je jette un coup d'œil à mon amie et, devant son regard paniqué, je comprends que ce sera beaucoup plus compliqué que ça.

Bien entendu, nous ne pouvons pas en parler avant d'être de nouveau seules. Dès notre retour à la maison, avant même que Mme Andrews ne sorte les menus pour commander à dîner, nous filons discuter dans notre chambre.

– Bon, tu dois prendre ma place samedi, déclare Willa après avoir claqué la porte derrière elle.

– Impossible ! Il faut que j'aille à la marche. C'est toi qui dois aider ta mère à organiser le gala. De toute manière, jamais elle ne me prendra pour toi !

– C'est vrai.

Mon amie s'approche de la fenêtre d'un pas raide en attachant ses cheveux en un chignon désordonné – sa coiffure de comploteuse. Si ce n'est que, cette fois, il n'y a rien à manigancer. Je vais participer à la marche pendant qu'elle aidera sa mère et nous nous rejoindrons ensuite au gala. Facile.

Sauf qu'il faut que Willa complique les choses. Comme d'habitude.

– On doit trouver une solution, reprend-elle en faisant les cent pas dans sa chambre. Il faut que je sois sur le tournage samedi…

– Quoi ? Je croyais que vous terminiez vendredi !

Samedi était censé être *notre* journée. Nous avions prévu d'aller ensemble à la marche, avant un dernier dîner de fête. Cette deuxième partie est déjà gâchée par ce gala imprévu, mais de savoir que, de toute façon, Willa ne comptait même pas être là… ça fait mal.

– Il nous faut un jour de plus, lance-t-elle avec un haussement d'épaules désinvolte, comme si elle avait carrément oublié nos projets. On a perdu du temps avec cette histoire de livre.

– Cette histoire de livre qui a été résolue grâce à moi.

J'ai les joues brûlantes de frustration. Willa, pour sa part, ne semble même pas remarquer que j'ai parlé.

– Et vu que c'est moi qui organise la fête de fin de tournage samedi, il faut vraiment que je sois présente.

– Mais le gala a lieu ce soir-là !

– Je sais. Il doit bien y avoir une solution, ajoute Willa en se mordillant la lèvre inférieure.

Je sens monter en moi un nouveau sentiment. Une certitude. Une ligne infranchissable.

J'en ai terminé.

– C'est bon, j'ai trouvé, poursuit Willa en se laissant tomber sur son lit en face de moi. C'est facile !

– Non, je murmure.

– Franchement, si. On va tourner sur la plage samedi. Alors tout ce que tu as à faire, c'est zapper la marche…

– Non, je répète d'un ton un peu plus ferme.

Willa ne semble toujours pas m'entendre.

– Ensuite, on va *toutes les deux* aider ma mère pour le gala, et dès qu'elle nous demande de faire quelque chose…

– C'est moi qui m'en charge pendant que tu files sur ton tournage ? je devine.

– Exactement !

– Non.

Cette fois, Willa m'entend. Et elle me fixe, incrédule.

– Alice, j'ai besoin que tu fasses ça pour moi. Si je ne suis pas présente le dernier jour du tournage, si je laisse tomber l'organisation de la fête, ces deux dernières semaines n'auront servi à rien ! J'aurais aussi bien pu ne pas être là du tout.

– Imagine le drame ! Tu aurais dû assurer toi-même ta punition… et passer du temps avec moi ! Je suis venue ici pour être avec toi, Willa, au lieu de quoi tu t'es servie de moi comme remplaçante, tout ça pour courir faire ce qui compte le plus à tes yeux. Et ce n'est clairement pas notre amitié.

D'un côté, j'ai du mal à croire que je viens de prononcer ces paroles. De l'autre, je n'en reviens pas de ne pas les avoir lâchées plus tôt.

J'ai proposé de prendre la place de mon amie à l'association car je pensais que jouer son rôle me redonnerait l'assurance que je semble avoir perdue depuis l'été dernier. Mon plan a fonctionné, car l'Alice qui a débarqué à Los Angeles il y a un peu plus d'une semaine n'aurait jamais osé dire tout ça à Willa.

– Ha ! Tu crois vraiment que je n'aurais pas préféré passer du temps avec toi cette semaine ? demande-t-elle avec dédain. C'est toi qui as eu l'idée de cet échange !

– Uniquement pour t'aider ! Et maintenant, je me dis que j'aurais mieux fait de rester à Londres, je réplique d'un ton sec.

Le sourire de Willa devient sournois.

– Ah mais, dans ce cas, tu n'aurais pas rencontré Jake, je me trompe ? Tu ne m'auras pas comme ça, Alice. Je sais à quel point il te plaît. Tu n'aurais jamais eu le courage de flirter avec lui si tu ne te faisais pas passer pour moi. Tu devrais me remercier de t'avoir prêté ma vie !

– Je crois que c'est moi que l'association, ta mère et tous les autres devraient remercier, car j'ai été pour eux une bien meilleure Willa cette semaine que tu ne l'aurais jamais été.

Elle me fixe de nouveau. Je me sens aussitôt submergée de regret, mais je ne peux pas retirer ce que j'ai dit. Alors je lui rends son regard en silence.

– Les filles ! Le dîner est arrivé !

La voix de Mme Andrews résonne dans le gigantesque escalier de la maison.

Quelques heures plus tard, au moment de nous coucher dans nos immenses lits, le dos tourné l'une à l'autre, nous ne nous sommes toujours pas adressé un seul mot.

ALICE
Willa ne me parle plus.

ALICE
En fait, c'est moi qui ne parle plus à Willa.

ALICE
C'est une colère réciproque.

LUCA
Quoi ?

ALICE
On a eu une grosse dispute. J'ai dit des choses que je ne peux pas retirer, et elle des choses qu'à mon avis elle ne VEUT même pas retirer, alors maintenant l'ambiance est horrible.

ALICE
Que faire ?

LUCA
Ces choses que tu as dites… tu les pensais ? Ou tu les regrettes ?

ALICE
Un peu des deux ?

ALICE

Je regrette de les avoir
dites parce que ça l'a blessée
et que c'est super tendu
entre nous.

ALICE

Mais ce n'est pas pour
autant que j'avais tort.

LUCA

Dans ce cas… je n'ai pas
de solution. Enfin, tu ne peux
pas t'excuser pour quelque
chose que tu penses encore.

ALICE

Je sais. C'est pour ça
que je ne dis plus rien.

WILLA
C'est la merde ici.

WILLA
Alice et moi, on s'est
disputées.

HAL
Tu t'es disputée avec ALICE ?
Je ne pensais pas qu'elle
SAVAIT se disputer.

WILLA
Apparemment, c'est une
des nombreuses choses
qu'elle a apprises en se faisant
passer pour moi.

HAL
Ah. C'est plus logique.
Vous vous êtes disputées
à propos de quoi ?

WILLA
De tout. Elle pense
que je me suis servie
d'elle pour pouvoir travailler
sur le film cette semaine.

HAL
Ce qui… n'est pas totalement
faux, si ?

WILLA

Ce n'est pas comme si je l'avais PRÉVU. C'est arrivé, voilà tout ! Si ma mère n'avait pas proposé que je fasse ma punition dans cette association, ou si Fran n'avait pas décidé de tourner durant les vacances, rien de tout ça ne serait arrivé.

HAL

C'est vrai, tu n'avais aucun contrôle sur ces décisions. Mais tu avais d'autres options, non ? Tu aurais pu zapper le film pour assurer le bénévolat avec Alice. Tu as CHOISI de faire les choses comme ça.

WILLA

Alice a choisi, elle aussi ! Ce plan était son idée, parce qu'elle voulait se refaire passer pour moi. Et elle a pu traîner avec Jake le Canon pendant que je me contentais d'aller chercher des cafés et de déplacer des trucs lourds, alors c'est elle qui a gagné !

HAL

Jake le Canon ?

WILLA

On s'en fiche. Ce qui compte, c'est qu'Alice s'est bien amusée durant ces vacances,

même si elle s'en plaint
maintenant. Donc pourquoi
elle ne m'aiderait pas en
me remplaçant au gala
de ma mère ? Bon, d'accord,
elle ne pourrait pas aller
à la marche SOS avec Jake…
mais de toute façon, c'est
dans mon rôle qu'elle
y participerait ! Alors si je n'y
vais pas, pourquoi elle irait ?

HAL
Parce que Alice veut peut-être faire quelque chose pour elle, dans son propre rôle, pour changer ? Ce n'est qu'une hypothèse.

WILLA
Tu ne me réconfortes pas
du tout.

HAL
Ce n'est pas mon but.

WILLA

À notre arrivée à l'association le lendemain matin, Alice ne m'a toujours pas adressé un seul mot. Maman ne semble pas avoir remarqué qu'on ne se parle plus, car elle n'arrête pas de discourir sur le gala de bienfaisance.

Voici ce que j'ai appris à ce sujet :

• Il aura lieu dans un hôtel très chic, juste à côté des bureaux de l'association.

• Le producteur exécutif de la série dans laquelle joue ma mère a invité toutes sortes de gens célèbres et/ou riches – en gros, toutes ses connaissances – dans l'espoir qu'au moins certains d'entre eux soient disponibles bien qu'étant prévenus au dernier moment.

• Darla va devoir laisser Maman presque tout organiser, car elle est déjà bien occupée par la marche. Mais ce n'est pas grave, car ma mère est dans son élément. Elle fait d'ailleurs appel à ses stylistes préférés pour leur emprunter des robes pour Alice, elle et moi.

• La préparation de ce gala sera incompatible avec la marche et mon film, et il aura lieu exactement au même moment que la fête de fin de tournage, ce qui craint à fond.

Ma vie est un désastre.

*

Je laisse Alice à l'association pour me rendre à la plage, où nous tournons aujourd'hui. Au moins, maintenant que nous travaillons plus ou moins au même endroit, je n'ai plus à retraverser la ville en trombe. En fait, si nous n'étions pas fâchées, je serais sans doute retournée en vitesse déjeuner avec elle. Ou elle aurait pu venir visiter le plateau de tournage.

Vu la situation, je me contente d'aider Fran et le reste de l'équipe, tout en filmant dès que possible. Bizarrement, je semble avoir davantage de temps et d'occasions de travailler sur mon documentaire quand je consacre plus d'efforts à satisfaire les besoins des autres.

– Quelle est la chose la plus importante que tu aies apprise en travaillant sur ce film ? je demande à Kat pendant que Derek la maquille.

Je pose cette question à tous les membres de l'équipe et c'est intéressant d'entendre les différentes réponses. Cela me fait aussi un peu réfléchir à ce que moi, j'ai appris.

Kat étudie la question quelques instants tandis que Derek applique du mascara sur ses cils.

– Je crois que le principal, c'est… ce qu'on arrive à accomplir quand on travaille tous ensemble, finit-elle par répondre. Je veux dire, on est de simples lycéens, hein ? Mais je pense qu'à la fin, on sera très fiers de ce film.

Je lui souris en baissant ma caméra.

– Moi aussi.

– En plus, tu connaîtras une *bien* meilleure technique pour te faire des *smokey eyes*, ajoute Derek, ce qui nous fait rire toutes les deux.

À la fin de la journée de tournage, je suis fatiguée, pleine de sable, et j'ai de légers coups de soleil sur les épaules. Mais j'ai enfin le sentiment que le film sera un succès, même si tout le reste semble s'effondrer. J'aurai au moins réussi quelque chose pendant ces vacances de printemps.

Je suis en train d'aider à ranger le matériel, en m'assurant bien qu'aucun grain de sable ne s'est glissé au mauvais endroit, quand je tombe sur Jenn.

Comme le chariot qu'elle utilise pour stocker les accessoires ne roule pas très bien sur la plage, elle a passé la journée à les trimballer dans un fourre-tout. À présent, assise dans le sable, elle fixe le sac, les joues baignées de larmes de frustration. Je suis son regard et vois que la bandoulière a craqué.

– Tu as besoin d'aide pour transporter ça quelque part ?

Je suppose que Matty est venu en voiture. Nous ne devrions donc pas avoir à traîner le sac trop loin. À deux, c'est tout à fait faisable.

Jenn me dévisage comme si j'avais perdu la tête.

– Pourquoi toi, tu m'aiderais ?

C'est une bonne question. Elle s'est montrée odieuse envers moi depuis le début du tournage et je lui ai rendu la pareille. Pourtant, ces derniers jours, j'ai appris qu'être prête à aider les autres contribue à rendre la vie plus agréable.

– Écoute, Jenn, je sais qu'on n'a pas pris un très bon départ, mais on travaille tous ensemble sur ce film, pas vrai ? Alors laisse-moi t'aider à porter ce sac.

La détermination gravée sur son visage, Jenn se relève péniblement et hisse le fourre-tout dans ses bras. Elle va clairement lutter pour avancer ne serait-ce que de quelques mètres ; à l'évidence, elle ne me laissera pas l'aider.

Avec un haussement d'épaules, je lui tourne le dos pour rejoindre les autres, qui continuent de ranger. Jusqu'à ce que j'entende le bruit sourd de qulque chose de lourd qui tombe sur le sable. Je me retourne et découvre Jenn étendue sur le dos.

– Bon, *maintenant* tu vas me laisser te donner un coup de main ? Ou, si tu ne veux pas de mon aide, je vais chercher Matty.

– Non ! crie-t-elle, une lueur de panique dans les yeux.

– Non pour que je t'aide ou non pour que j'aille chercher Matty ? je réplique, perdue.

– Les deux. Mais surtout… pas Matty.

OK, il y a anguille sous roche.

– Pourquoi ? je demande, accroupie sur le sable à côté d'elle. C'est ton copain. Il voudra t'aider, non ?

– C'est justement le problème.

Avec un soupir, Jenn ouvre le fourre-tout pour en sortir un autre sac, plus petit et vide, dans lequel elle commence à transvaser certains accessoires.

– Je sais ce que tout le monde dit sur moi.

– Quoi donc ?

– Que je suis dans l'équipe uniquement parce que je sors avec Matty et qu'il a supplié Fran de me laisser participer. Que je suis jalouse d'eux. Que je ne m'intéressais pas du tout au cinéma avant qu'on soit ensemble et que maintenant, je fais seulement semblant pour pouvoir garder un œil sur lui. Que je ne me sens pas vraiment concernée par le tournage.

Elle prononce cette dernière phrase dans un murmure, comme si c'était un secret absolument terrible.

Je réfléchis à ce qu'elle vient de dire, soucieuse.

– D'accord, sauf que c'est moi qui suis dans l'équipe uniquement parce que Matty a supplié Fran de me laisser vous aider. Et s'il y a quelqu'un à accuser d'un manque d'implication, j'ajoute avec une grimace, avant cette semaine, ça aurait clairement été moi, non ?

Jenn me jette un coup d'œil avec une esquisse de sourire aux lèvres.

– Ouais. Mais Matty s'est extasié sur ton talent et il a conseillé à Fran de t'intégrer au projet parce que tu serais un atout pour ce film. Personne ne pense que tu es là parce que tu n'es pas assez douée pour y arriver toute seule ou que tu n'as pas confiance en ton copain.

– Le talent ne fait pas tout, si ? je réplique d'un air contrit. On a beau être doué, si on n'est pas capable de travailler au sein d'une équipe, on n'ira pas loin sur un tournage.

– C'est vrai, concède Jenn, l'air soudain plus optimiste. Et je suis douée pour travailler en équipe.

– À part quand tu t'attribues le mérite de quelqu'un d'autre pour sa miraculeuse trouvaille.

– Ouais. Je suis désolée. C'est juste que… j'ai merdé avec ce livre, tu vois ? Donc j'avais le sentiment que c'était à moi de régler le problème.

– Je peux comprendre, je reconnais en m'asseyant à côté d'elle, les jambes allongées sur le sable. Alors pourquoi tu voulais travailler sur ce film, si ce n'est pas à cause de Matty ?

Jenn hausse les épaules, le regard rivé sur l'océan.

– J'ai toujours adoré le cinéma. C'est un univers que j'ai découvert avec mon père, avant qu'il parte. On regardait ensemble de vieux films et il me racontait toutes les histoires sur les coulisses. Il était cadreur dans un grand studio et, le week-end, il me laissait réaliser des mini-films avec sa caméra personnelle. Je demandais à mes amis de jouer dedans pour moi.

– Ça devait être sympa.

– Ça l'était. On se faisait des quiz sur les lauréats des Oscars.

Tiens, voilà un jeu auquel je pourrais jouer, moi aussi.

– Ah oui ? Meilleur film en 1935 ?

– *New York-Miami*, répond Jenn sans aucune hésitation. Premier film à rafler les cinq Oscars majeurs.

– Et mon préféré de tous les temps. Hmm, je crois que tu aimes sincèrement le cinéma. Alors, qu'est-ce qui s'est passé ?

– Mon père est parti, soupire Jenn. J'étais tellement en colère contre lui… que j'ai écarté tous les aspects de ma vie qui me faisaient penser à lui. Je ne suis plus allée au cinéma pendant trois ans. C'est seulement quand j'ai commencé à sortir avec Matty que je me suis souvenue de mon amour pour le septième art et que j'ai voulu m'y impliquer à nouveau. Je lui ai donc demandé de me faire intégrer l'équipe.

– Et moi, pour pouvoir être ici, j'ai poussé ma meilleure amie à se faire passer pour moi et à assurer mes heures de bénévolat dans une association de préservation des océans durant ces vacances de printemps.

Ces mots sont sortis tout seuls. Je n'avais clairement pas l'intention d'en parler à Jenn, mais, vu qu'elle a partagé son histoire avec moi, j'ai eu l'impression de devoir lui rendre la pareille. En plus, elle connaît mon film préféré. Ça compte, non ?

Elle lève les yeux vers moi, à l'évidence stupéfaite.

– Tu parles d'Alice ? La fille de Londres qu'on a rencontrée chez toi ?

J'acquiesce.

– Elle est venue jusqu'ici pour te voir et toi, tu l'as envoyée faire du bénévolat pour une association écolo ?

– D'accord, dit comme ça, ça a l'air vraiment horrible.

– Willa ! s'exclame Jenn en se redressant à genoux sur le sable pour me fixer. *C'est* horrible.

J'enfouis ma tête dans mes mains.

– Je le sais bien. Maintenant, elle ne me parle plus parce que je voulais qu'elle rate une marche de sensibilisation à laquelle elle tient beaucoup pour me remplacer et me permettre d'être là le dernier jour de tournage et à la fête de samedi.

– Oh ! La fête…

Il n'y a plus aucune stupeur dans la voix de Jenn. Lorsque je jette un coup d'œil entre mes doigts, je vois qu'elle s'est rassise, l'air de nouveau abattue. Je demande :

– Bon, je sais qu'on a encore du travail pour organiser cette soirée, mais tu as réglé la question du lieu, non ? Tu ne connaissais pas quelqu'un qui pouvait nous obtenir une salle ?

J'étais ravie de la laisser s'en charger. Ce n'est pas comme si nous avions un budget pour cette fête, à part ce qui reste du fonds pour les costumes et accessoires, alors toute solution gratuite est bonne à prendre.

– Si. Mais… ça n'a pas marché. J'ai appelé *partout*, et toujours rien. Soit c'est réservé, soit ils exigent une énorme caution que je ne peux pas leur verser.

La pauvre Jenn semble si découragée que j'ai sincèrement pitié d'elle.

– On va trouver un endroit pour fêter tous ensemble la fin du tournage. Le lieu est loin d'être aussi important que l'occasion.

– Je suppose, concède Jenn sans paraître totalement convaincue. Je voulais juste leur montrer que ça valait le coup de m'avoir intégrée au projet.

– Fais-moi confiance. Si on travaille ensemble, on va réussir. Ce sera la meilleure fête de fin de tournage de tous les temps.

ALICE

Je passe la matinée à répéter dans ma tête ce que je voudrais dire à Jake. Ça m'aide à oublier le fait que Willa n'a même pas daigné me regarder au petit déjeuner. Ensuite, dès que nous sommes montées dans le bus pour Santa Monica, elle a mis ses écouteurs pour ne pas avoir à me parler.

Ce qui m'est égal, puisque je ne lui parle pas non plus. En fait, je ne sais plus vraiment laquelle de nous deux est la plus furieuse. Mais quelque part au milieu de cette dispute, j'ai pris une décision. Je dois avouer la vérité à Jake.

*

Je le trouve dans la suite pédagogique, occupé à assembler des pancartes.

– Salut, Willa ! Tu tombes trop bien : tu peux tenir ça pendant que je le scotche ?

À la vue de son sourire détendu, mon estomac se tord de culpabilité. Malgré tout, je tiens le panneau comme il me l'a demandé, en essayant de me souvenir de la version finale de mon discours.

– Super nouvelle pour le gala de bienfaisance de ta mère, commente Jake en plaçant un long bout de scotch sur le bâton avant de le coller au carton. Est-ce que ça veut dire que je pourrai te voir en robe de star ? ajoute-t-il d'un ton taquin. Même si, pour être franc, je te préfère sûrement en short et tee-shirt. Beaucoup plus pratique pour aller faire du kayak.

Il flirte avec moi. Il n'y a pas de doute. Et ça me plaît. Il me plaît. Raison de plus pour lui avouer la vérité.

Je déglutis, la bouche sèche.

– Jake, j'ai quelque chose à te dire.

Son sourire devient un peu triste.

– Ne t'inquiète pas. Maman m'a déjà prévenu que tu allais devoir rater la marche pour aider ta mère. Je comprends très bien. C'est juste dommage pour toi, parce que tu t'es beaucoup investie. Et bien sûr, tu nous manqueras là-bas, mais on se retrouvera au gala après, non ?

– Ce n'est pas ça, je réplique en secouant la tête. Ou plutôt, ce n'est pas tout. Le truc, c'est que… je ne vais pas aider à préparer le gala. C'est Willa qui va s'en charger. Enfin, j'espère. Donc je pourrai participer à la marche, parce que je ne suis pas Willa.

Est-ce que tout ça a un sens ?

À voir le front de Jake plissé de confusion, apparemment non.

– Tu n'es pas… Attends, quoi ?

Je me laisse tomber sur la chaise la plus proche et me prépare à tout expliquer.

– Quand Willa et moi, on s'est rencontrées l'été dernier, on était dans un avion pour Londres et, comme aucune de nous n'était satisfaite de sa destination, on a échangé nos places, parce qu'on nous avait prises pour des jumelles.

– Ma mère m'a raconté cette histoire. Je n'y croyais pas.

– Et là, pendant ces vacances de printemps, Willa avait prévu de travailler sur un projet de film amateur, et ça me plaisait de venir ici. Alors… on a trouvé logique de recommencer.

– Donc tu es Alice, pas Willa. Tu es son amie. Mais ma mère et moi, on vous a rencontrées *toutes les deux* le premier jour. J'ai aussi vu Alice – je veux dire, Willa – chaque jour ou presque. Et Mme Andrews vous dépose et revient vous chercher… Comment est-ce que ça a pu nous échapper ?

– Vous n'aviez aucune raison de le soupçonner, je réponds avec un léger sourire. À part la mère de Willa, personne ne nous connaît assez bien pour nous distinguer. Quand je porte ses vêtements, et elle les miens, les gens supposent simplement qu'on est celle qu'on prétend être.

– C'est juste que…, bredouille Jake, perdu. Pourquoi ? Je ne comprends pas. Pourquoi cet échange ?

– Je te l'ai dit. Willa s'était engagée sur ce projet de film…

– Non, non, je comprends pourquoi *elle* a voulu échanger sa place. Mais toi, Alice ?

C'est tellement bizarre de l'entendre m'appeler par mon vrai prénom. Il sonne bien avec l'accent californien de Jake, j'avoue.

– Je crois que… c'était en partie parce que je savais à quel point ce film comptait pour Willa. (Bien que cette pensée ravive ma colère contre elle, au début, je voulais sincèrement l'aider. Seulement, je ne savais pas qu'elle en profiterait autant.) En même temps, c'est aussi pour moi que je voulais être ici.

– Parce que tu te soucies de la sauvergarde des océans ? s'enquiert Jake d'un ton hésitant teinté d'espoir.

– Tout à fait. Mon père est un chercheur en biologie marine qui travaille justement dans ce domaine. Ces sujets me passionnent. Beaucoup plus que Willa !

– J'avais peur que ça fasse aussi partie de votre numéro, avoue Jake, l'air soulagé.

– Pas du tout, j'insiste en secouant énergiquement la tête au cas où mes paroles ne suffiraient pas. D'ailleurs, si elle avait dû faire son bénévolat autre part, je n'aurais peut-être pas suggéré cette idée !

Jake doit lire une légère hésitation sur mon visage, car il demande :

– Quoi d'autre ? Quelle autre raison t'a poussée à accepter ce plan ?

– L'été dernier, quand on a échangé nos places pour la première fois… j'ai pu oublier *Alice*. Parce qu'elle n'a rien à voir avec Willa et, à l'époque, j'avais besoin de devenir quelqu'un d'autre pendant un moment.

– Alors tu te comportes comme une autre depuis que je t'ai rencontrée ? Tu n'as pas seulement changé de prénom, tu joues aussi un rôle, comme une actrice ?

J'entends la peine dans sa voix.

– C'est très étrange, je lui confie. Je pensais être plus heureuse si je me comportais de nouveau comme Willa. Mais en fait, je me suis sentie davantage moi-même ici avec toi ces dix derniers jours que depuis une éternité.

– Tant mieux. Parce que la fille que j'ai appris à connaître pendant ces vacances me plaît vraiment.

– Je crois qu'elle me plaît aussi, je plaisante avant d'ajouter sur un ton plus sérieux : Et toi, surtout. J'ai beaucoup aimé passer du temps avec toi, Jake. Je suis désolée de t'avoir menti.

– Ouais. Moi aussi.

– À quoi tu penses ? je demande avec prudence.

– Je ne sais pas, avoue-t-il. Je… j'essaie simplement de me faire à l'idée. J'ai l'impression d'avoir perdu mon temps à découvrir quelqu'un qui n'existe même pas.

– Mais si, j'existe ! Comme je te l'ai dit, je suis plus moi que Willa depuis le début.

– D'accord. (Il lève les yeux pour croiser mon regard.) Sauf que Willa Andrews habite à Los Angeles. Et toi…

Je termine sa phrase.

– Je vis à Londres. Ouais.

Nous nous fixons en silence un moment.

– Quand est-ce que tu rentres chez toi ? finit-il par demander.

– Dimanche. Le lendemain de la marche.

– OK.

Voilà pourquoi je n'aurais pas dû lui en parler. Ou plutôt, pourquoi je n'aurais pas dû m'attacher à lui à la base. Car je vais bientôt devoir lui dire adieu, et ce sera douloureux.

– Alors on ferait mieux de profiter au maximum du temps qu'il nous reste, non ? suggère Jake.

Seulement son sourire n'atteint pas tout à fait ses yeux.

WILLA

Je sais que je dois me débrouiller pour me réconcilier avec Alice. Pas pour la convaincre de me remplacer au gala de bienfaisance, mais à cause de ma conversation avec Jenn. Cette dernière a raison : c'est important de faire partie d'une équipe. Or Alice et moi avons toujours formé notre propre équipe… jusqu'à maintenant. Et ça me manque. *Elle* me manque.

J'ai déjà gâché une trop grande partie de son séjour, et pas uniquement avec le tournage. Il faut aussi compter le temps passé à nous disputer et à nous faire la tête. Me contenter de m'excuser en pensant que tout rentrera dans l'ordre ne suffit pas. Je dois trouver un moyen pour qu'elle participe à sa marche. De préférence une solution qui règle également mes problèmes avec le gala et la fête de fin de tournage.

Bref, je réfléchis à mon dilemme, assise sur la terrasse de l'association, en attendant qu'Alice ait terminé ce sur quoi elle travaille aujourd'hui. La culpabilité me tord l'estomac lorsque je réalise que je sais à peine ce qu'elle fait ici – à ma place. J'ai le terrible sentiment d'avoir foiré ces vacances de printemps. J'espère seulement ne pas avoir aussi détruit à tout jamais mon amitié avec Alice.

– Willa.

Je sursaute en entendant mon nom, puis je me retourne pour découvrir Jake qui sort sur la terrasse et se dirige vers moi. Je suis tellement surprise de le voir sans Alice que je mets un moment à me rendre compte du prénom qu'il a employé.

Willa. Pas Alice.

– Alice t'a tout raconté, je devine.

– Oui.

Jake s'assied à côté de moi, dans la même position, ses jambes pendant au bord de la terrasse.

– Tu es… (*… décidé à le dire à ta mère ? À la mienne ? Au proviseur Carter ?*) … fâché ? je conclus après une courte pause.

– Contre Alice ? Pas vraiment. Ça fait beaucoup à digérer, surtout le fait que la fille pour laquelle je craque depuis une semaine quitte le pays dimanche. Mais je comprends pourquoi elle a fait ça… je crois.

– Donc c'est contre moi que tu es fâché ?

Conclusion logique.

– Alice a l'air de s'en charger pour nous deux, non ? réplique-t-il avec un regard un coin.

– Tout à fait, je soupire. Et je veux me faire pardonner, sincèrement ! C'est juste que… je cherche un moyen d'arranger les choses pour tout le monde.

Y compris, je m'en rends compte, pour l'Association de protection du littoral.

Le pire, c'est que je me soucie *réellement* de nos océans. J'adore la plage de Santa Monica. J'aimerais qu'elle reste belle à tout jamais et je suis prête à en nettoyer les coins dégoûtants. J'ai simplement choisi de satisfaire mes propres envies au détriment des besoins des autres. Comme d'habitude.

– Il me faut un nouveau plan, je déclare d'un ton ferme.

– Eh bien, si tu veux te faire pardonner, les excuses sont toujours un bon début. En plus, si c'est un plan que tu cherches, je connais une fille super douée en organisation. Tu l'as peut-être rencontrée. Belle, intelligente, sûre d'elle... Elle se fait appeler Alice. Enfin, le plus souvent.

J'éclate de rire malgré moi.

– Je comprends pourquoi tu lui plais. Tu la vois comme moi, je la vois.

Le visage de Jake se fend d'un large sourire.

– Dans ce cas, si tu allais te réconcilier avec elle au plus vite pour qu'elle arrête de se morfondre ? Après, je lui demanderai de m'accompagner au gala et on profitera au maximum de nos derniers jours ensemble.

– Marché conclu. (Je me relève, puis j'essuie le sable sur mes jambes.) Où est-elle ?

– À ton avis ? Dans la suite pédagogique.

– Bien sûr. Merci, Jake !

Il lève les yeux vers moi, ébloui par le soleil.

– De rien. Ne fais pas tout foirer.

– Je vais essayer ! je lui promets.

ALICE

– Alice ?

Je lève la tête au son de la voix de Willa.

– Je voulais juste te dire que… je suis désolée. (Elle reste sur le seuil, comme si elle ne savait pas si elle était la bienvenue dans la salle ou non.) Tu avais raison. J'ai profité de ta présence ici pour obtenir ce que je voulais et je n'ai pas vraiment pensé à ce dont toi, tu avais envie. Mais j'y réfléchis maintenant, je te le promets.

– C'est vrai ? je demande en haussant légèrement les sourcils. Alors ça veut dire que je pourrai aller à la marche et que c'est toi qui aideras ta mère à organiser le gala ?

– Oui pour la première partie, répond-elle avec un petit sourire pincé. Je travaille encore sur la deuxième.

Willa s'est excusée. Ça compte beaucoup à mes yeux. Et elle semble comprendre l'importance de cette marche de sensibilisation pour moi, comme celle du projet de film pour elle.

À ce propos…

– Moi aussi, je suis désolée.

Les mots sont sortis tout seuls et je me sens tout de suite mieux. Je n'aime pas me disputer avec qui que ce soit, encore moins ma meilleure amie.

– C'est moi qui ai eu l'idée de l'échange et je n'aurais pas dû te dire toutes ces horreurs.

Avec un sourire plus sincère, Willa entre dans la salle et s'assied sur une table en fixant ses pieds.

– En fait, je crois que tu as bien fait. Quand j'ai une idée en tête, je fais tout pour y arriver, sans toujours réfléchir aux conséquences pour les autres. Et je veux m'améliorer là-dessus. (Elle relève les yeux pour me dévisager de son regard intense et déterminé.) Je veux placer les autres avant moi. Enfin, au moins au même niveau. À commencer par ce gala.

– Ah oui ? je m'étonne. Tu as envie d'aider à organiser le gala de ta mère ?

– J'ai surtout envie d'aider l'association. Moi aussi, je me soucie de nos océans.

– Je sais. Seulement, je ne pensais pas…

Je m'interromps, mais Willa termine ma phrase à ma place :

– Tu ne pensais pas que je m'en préoccupais autant que je me préoccupe de moi.

– Eh bien…, je bredouille en me tortillant, gênée, le regard rivé sur les dépliants dans ma main.

– Ne t'inquiète pas. C'était vrai. Et pour être franche, Alice, ça l'est sûrement encore. Mais je fais des efforts et j'espère que ça compte.

– Oui, je l'assure. Ça compte beaucoup.

– Tant mieux. Parce que j'ai besoin de ton aide pour ça.

– Pour… te soucier des océans ? je demande, perdue.

Willa lève les yeux au ciel.

– Pour trouver un plan !

– Un plan pour organiser le gala ?

– Un plan pour être à quatre endroits à la fois, me corrige-t-elle avec un sourire malicieux.

Je lui rends son sourire, submergée de soulagement en comprenant que notre amitié est de nouveau sur les rails.

– Alors tu veux à la fois aider l'association et obtenir exactement ce que tu veux ? je résume.

C'est Willa tout craché.

– Et aussi obtenir ce que toi, tu veux ! se défend-elle. Il nous faut donc un plan combinant tout. Tu vas à la marche, je participe au dernier jour de tournage, ma mère organise un fantastique gala pour impressionner son producteur et ses invités de marque, l'association recueille des dons et le soutien de gens qui se soucient des océans, et l'équipe de mon film a droit à une inoubliable fête de fin de tournage. Ah oui, et tu portes une robe de créateur pour ton rencard avec Jake.

– Quoi ? je demande, stupéfaite.

– Il va t'inviter au gala, répond Willa d'une voix lente, comme si elle s'adressait à quelqu'un qui ne comprenait pas bien l'anglais. Et tu vas évidemment accepter.

– Ah bon ?

Il me plaît. Beaucoup. Et ce n'est pas parce que je dois bientôt lui dire adieu que nous ne devrions pas profiter du temps qu'il nous reste ensemble.

– Oui ! s'écrie mon amie.

Ce n'est pas un ordre, cette fois, plutôt une exclamation de joie.

– C'est vrai, je crois que je vais accepter, je confirme avec un grand sourire. Mais d'abord, on doit trouver un plan pour régler tous nos problèmes.

Willa acquiesce, de nouveau concentrée sur la tâche.

– Marche de sensibilisation, dernier jour de film, fête de fin de tournage et gala de bienfaisance. OK, ça fait quatre lieux en un après-midi et une soirée, et on n'est toujours que deux. En plus, ma mère doit croire qu'on est tout le temps au gala toutes les deux. Qu'est-ce que tu en penses ? Impossible ?

WILLA
J'ai fait mes excuses à Alice.

HAL
Bien.

WILLA
Elle m'a aussi fait les siennes.

HAL
Encore mieux.

WILLA
Alors maintenant, on cherche
le plan du siècle qui nous
permettra d'être à quatre
endroits en même temps sans
que personne ne remarque
qu'on n'est pas là où on est
censées être, tout en collectant
beaucoup d'argent pour une
bonne cause. Si tout va bien.

HAL
Cette discussion avait
si bien commencé…

WILLA
Aie confiance. D'ailleurs,
ce ne sera pas mon plan,
cette fois, mais celui d'Alice.

HAL
Attends. Le DERNIER n'était pas déjà le sien ?

WILLA
Euh… si. OK, oublie ce que je viens de dire.

WILLA

Après avoir épuisé un bloc entier de Post-it, nous avons enfin un plan.

– Qu'est-ce qui s'est passé là-dedans ? demande Jake, perplexe devant la rangée de pancartes pour la marche, à présent toutes recouvertes de Post-it roses, jaunes, verts et bleus. Je croyais que tu allais simplement t'excuser, me lance-t-il.

– Et aussi trouver un plan, je lui rappelle avant d'agiter une main vers les Post-it. Le voilà.

– J'ai presque terminé, annonce Alice, qui se tourne vers nous en se mordillant pensivement la lèvre inférieure. Par contre, ça va nécessiter beaucoup d'aide de beaucoup de gens.

– Alors on va devoir les convaincre que ça en vaut la peine, je réplique avec un peu plus d'assurance que je n'en ai en réalité.

– Comment ? s'enquiert mon amie.

– C'est simple. Regarde. (Je m'adresse à Jake.) Si tu nous aides à mener le plan à bien, non seulement l'association recueillera beaucoup d'argent et sensibilisera plein de monde, mais tu auras aussi un rencard avec Alice samedi soir.

– Je suis partant, répond-il.

– Tu vois ? je lance à Alice. C'est du gâteau !

– Je ne sais pas si tous ceux inscrits sur ces petits papiers seront aussi faciles à persuader, rétorque-t-elle, le regard de nouveau posé sur sa stratégie multicolore.

Cette fille donnerait un code couleur au monde entier si ça pouvait pousser les autres à accepter son plan. Pourtant, vu tous les noms notés de son écriture appliquée, je me dis qu'elle n'a pas tort.

– Eh bien, on en saura plus en leur posant la question, je réplique. Voyons qui va parler à qui.

*

Le lendemain matin, nous sommes prêts à mettre notre plan à exécution.

Alice et Jake s'occupent des membres de l'association et de tout ce qui est lié à la marche de sensibilisation. Ce qui me laisse l'équipe du film et l'hôtel chic que ma mère a réservé pour le gala.

Après notre conversation à cœur ouvert de la veille, je choisis de commencer par Jenn.

– Que dirais-tu si je t'affirmais pouvoir résoudre tous tes problèmes en une seule journée ?

J'ai décidé qu'il valait mieux mettre le paquet.

– Je te demanderais où est le piège, répond Jenn sans même lever les yeux des accessoires qu'elle dispose pour les scènes de la matinée.

– Si jeune et déjà si cynique ! je me lamente. Le piège, comme d'habitude, c'est qu'il faut travailler pour ça.

À ces mots, Jenn finit par me regarder.

– Je travaille *toujours* pour tout.

– Alors ça ne devrait pas poser de problème, si ?

J'arbore mon plus doux sourire, ce qui la fait soupirer.

– Donc en gros, tu as besoin que je fasse quelque chose pour toi et tu essaies de me faire croire que c'est en réalité pour moi ?

– Pas du tout, je rétorque en secouant la tête. J'ai besoin que tu m'aides à convaincre beaucoup de monde de réaliser beaucoup de choses : aider à sauver la planète, enclencher un vrai changement et nous prêter un lieu où organiser la fête de fin de tournage.

– Tu as trouvé un endroit pour la fête ? demande Jenn avec un enthousiasme enfin sincère dans la voix.

Ce n'est pas la partie du plan sur laquelle Alice espérait que les gens se concentrent, mais je prends quand même.

– Ouais. Seulement, comme je l'ai dit, on va devoir travailler pour ça.

– Dis-moi ce que j'ai à faire, lance-t-elle en me fixant droit dans les yeux.

C'était finalement facile de rallier Jenn à la cause. Une fois que je lui ai exposé les subtilités de notre plan, nous devons encore persuader le reste de l'équipe. Fran, sans surprise, est la plus difficile à convaincre. Toutefois, j'ai besoin de son soutien pour parvenir à mes fins, alors c'est par elle que nous commençons.

– Je ne crois pas qu'on ait le temps, répond-elle après nos explications. Ce n'est pas que je n'adhère pas à l'idée, mais c'est notre projet de terminale. C'est très important.

– Contrairement à… la protection de nos océans ?

Je suis prête à jouer la carte de la culpabilité, si c'est la solution, car je sais de source sûre que Fran se soucie beaucoup des questions environnementales. La guerre entre l'éthique et les bonnes notes se joue sur son visage.

– On ne peut pas prendre le risque de ne pas terminer le film à temps, prévient-elle.

– On finira à temps. (*Avec un peu de chance.*) Écoute, j'ai réussi à filmer mon documentaire sur les coulisses du tournage en parallèle, non ? Alors je vais mettre mon projet de côté en attendant. Ça ne prendra pas longtemps et, de toute façon, on tourne sur la plage de Santa Monica cette semaine. Vous êtes tous des pros. Ce sera vite fait et on s'organisera en fonction du planning de tournage. Tout se passera bien.

– Et tu es certaine de pouvoir aussi organiser la fête ? demande Fran d'un ton sceptique.

– Absolument ! je mens, avant d'échanger un rapide regard avec Jenn. Enfin, avec un peu d'aide de mes amis.

Fran hésite, visiblement indécise. Puis elle hoche la tête.

– OK. Tu peux solliciter le reste de l'équipe. Mais je n'obligerai personne à participer. Tu devras les convaincre d'effectuer ce travail supplémentaire.

– Facile, je réplique une fois encore avec plus d'assurance que je n'en ressens.

– Comment on va faire ? murmure Jenn tandis que Fran s'éloigne pour mettre en place la prochaine scène avec Polly et Bethany.

Je réfléchis à la question.

– Eh bien, commençons par aller chercher du café pour tout le monde. Ils sont toujours de meilleure humeur après leur dose de caféine.

– Bonne idée ! approuve Jenn.

Nous nous dirigeons donc vers le café le plus proche. Un petit pas à la fois : voilà notre stratégie.

*

– Phase une terminée ! j'annonce à Alice quand je la rejoins à l'association dans l'après-midi. J'ai convaincu tout le monde… au bout d'un moment.

Lara, à la table de mixage, était un peu réticente. Mais une fois que tous les autres ont accepté, elle a levé les yeux au ciel et bu une longue gorgée de son latte glacé au caramel avant de dire oui.

– Et ici ? je demande.

– Tous à bord, répond Alice d'un ton un peu suffisant. Avec Jake, on a parlé aux bénévoles et ils trouvent que c'est un super plan. Ils ont aussi promis de faire la surprise à sa mère.

– Tu n'as pas parlé de…

– Non ! Ça, c'est une surprise pour *tout le monde*. À ce propos, maintenant, il faut qu'on s'occupe de l'hôtel…

– Je m'en charge.

Après avoir négocié avec Fran, persuader le personnel de l'hôtel se révèle étonnamment facile. Maman nous rejoint à l'association, comme d'habitude, puis nous nous rendons ensemble à l'*Oceanside Hotel* pour confirmer toutes les dispositions pour le gala. Pendant qu'Alice accapare ma mère avec le choix de la palette de couleurs (bleu marine, vert d'eau et argenté), des décorations et de l'agencement de la salle, j'ai une petite discussion avec l'organisatrice d'événements de l'hôtel, au sujet de nos demandes plus insolites.

– C'est censé être une surprise, je lui confie tout bas. Le véritable clou du spectacle. On ne veut même pas que les représentants de l'Association de protection du littoral soient prévenus. Leur réaction en sera d'autant plus naturelle devant la caméra, vous voyez ?

C'est un hôtel de Los Angeles, alors, comme je l'espérais, mon interlocutrice se contente de hocher la tête avec un sourire aimable quand je lui remets la liste imprimée des suppléments à inclure. Donner l'illusion de la réalité à l'écran est plus ou moins la raison d'être de cette ville.

– Je crois que tout est décidé ! s'exclame Maman.

Nous en avons bientôt terminé.

Il ne nous reste plus que vingt-quatre heures pour mettre tout le reste en place pour la soirée de samedi. Ça ne doit pas être bien sorcier, si ?

ALICE

– Je pense que l'argentée plairait à Jake.

Affalée sur la causeuse dans l'immense garde-robe de Mme Andrews – je ne savais même pas qu'une chambre pouvait contenir un placard de cette taille –, Willa agite une chaussure en direction de la robe en soie suspendue à la tringle.

Sa mère se détourne du portant qu'elle est en train de regarder.

– Le plus important, c'est que tu te sentes à l'aise, Alice. Ne laisse pas ma fille t'embarquer dans quelque chose que tu regretteras par la suite.

Willa et moi échangeons un regard amusé.

– Trop tard, j'articule en silence.

Je risquerais en effet de regretter la robe argentée, j'en suis sûre. Elle est magnifique, mais je sais que je passerais la soirée à triturer les bretelles de peur qu'elles tombent. En plus, les chaussures choisies par la styliste pour aller avec ont des talons beaucoup trop hauts pour que j'arrive à marcher sans m'étaler.

C'est une robe pour Willa. Et j'ai beau m'être bien amusée à jouer son rôle pendant les vacances, je veux aller à ce gala en tant qu'Alice. Je décrète donc en la retirant du cintre :

– Prends-la, toi. Moi, je préfère celle dans les tons bleus. Qu'est-ce que vous en pensez ?

L'une près de l'autre, Willa et sa mère se ressemblent étrangement lorsqu'elles inclinent toutes les deux la tête sur le côté pour étudier ma tenue.

– Je la trouve parfaite, répond Mme Andrews d'un ton résolu.

– Tout à fait toi, ajoute mon amie avec un sourire en coin.

La robe que j'ai choisie – couleur « écume de mer », selon la styliste – est longue et fluide. Je n'ai jamais eu de vêtement qui ressemble autant à une robe de princesse. Elle me va parfaitement, comme si elle était faite pour moi. Je remercie en silence la célébrité qui l'a refusée, car c'est grâce à elle que cette robe est arrivée ici.

– Bon, je crois qu'on s'est toutes décidées ! s'exclame Mme Andrews en tapant dans ses mains. Je porterai la bleu marine au liseré argent, Willa l'argentée et Alice l'écume de mer. Parfait !

Il ne nous reste plus qu'à attendre, en espérant que toutes les pièces de notre plan s'assemblent.

WILLA

Je n'ai jamais été très douée pour attendre. Par chance, il me reste assez de travail pour me distraire ce soir, avant l'action de demain.

– Ça va être prêt à temps ? s'enquiert Alice, penchée nerveusement sur mon épaule tandis que je me concentre sur l'écran.

– D'une manière ou d'une autre, je lui réponds.

Le montage est une de mes activités préférées. J'adore l'excitation qu'on ressent en capturant tous ces instants qui ne se reproduiront jamais exactement à l'identique ; mais choisir parmi des heures d'images les meilleurs plans à assembler pour raconter l'histoire que je souhaite partager ? C'est encore plus satisfaisant. Ou, du moins, ça le serait si l'ombre d'Alice ne couvrait pas mon écran.

– Tu en es sûre ? demande-t-elle.

– Ce dont je suis sûre, c'est que ça irait beaucoup plus vite si tu arrêtais de me tourner autour.

Je souris pour lui montrer que je plaisante… à moitié.

Mon amie saisit le message et se laisse tomber sur son lit, son téléphone dans les mains.

– Hal veut savoir comment ça se passe. Et Luca nous souhaite bonne chance pour demain.

– On n'a pas besoin de chance, je rétorque avec assurance. On a un plan parfait.

Pas de réponse. Quand je me retourne, Alice me fixe par-dessus son portable, les sourcils haussés.

– C'est vrai ! j'insiste. Tu t'inquiètes trop.

– Je m'inquiète juste ce qu'il faut pour m'assurer que tout se déroule au mieux, se défend-elle d'un ton pincé avant de rire de sa propre intonation. Il faut bien que l'une de nous deux s'inquiète, non ?

– Et ce ne sera pas moi, car je sais que tout va se passer exactement comme prévu.

C'est le plan d'Alice, après tout, et elle vérifie toujours tout trois fois.

Enfin, ça ne coûte rien d'effectuer de petites vérifications de mon côté. J'envoie donc quelques messages au reste de l'équipe en attendant que mes fichiers se téléchargent. Matty et moi sommes déjà en contact en ligne, pour échanger et contrôler des extraits.

Les choses commencent à prendre forme.

– Tout le monde est toujours partant ? demande Alice en entendant les sonneries de notifications sur mon téléphone.

– Bien sûr ! je réponds, comme si je n'en avais jamais douté une seconde.

La seule partie de ce plan qui m'inquiète, c'est le nombre de personnes impliquées. L'été dernier, Alice et moi étions les uniques protagonistes. Personne d'autre ne savait ce qui se passait – avant que je ne rencontre Hal, mais il a été assez facile à convaincre.

Cette fois… il y a tellement de gens susceptibles de changer d'avis ou de tout faire capoter que nous allons juste devoir leur faire confiance. Voilà que je me laisse gagner par les angoisses d'Alice. Je les chasse de mon esprit pour me reconcentrer sur le film.

– Tu te rends compte que c'est bientôt fini ? lance soudain mon amie. Que demain à la même heure, je ferai mes bagages pour rentrer à Londres ?

– Non.

La tristesse s'abat un instant sur mes épaules. Ces deux semaines ont filé si vite ! Pire, je sais que nous n'en avons pas profité autant que nous aurions pu. Je me promets que la prochaine fois, je veillerai à ce qu'on savoure à fond chaque moment partagé. La prochaine fois…

– C'est passé tellement vite, poursuit Alice.

– Oui, trop vite.

– Au moins, ajoute-t-elle avec un sourire doux-amer, on aura notre heure de gloire demain.

– Ça, c'est sûr ! je réplique, rayonnante.

Pourvu que je termine ce film à temps.

Allez, au travail ! Je m'inquiéterai pour demain… demain.

ALICE

Le lendemain matin, Willa et moi passons notre plan en revue une dernière fois, surtout pour me calmer les nerfs.

La température se réchauffe déjà. Vêtue de mon short en jean et du tee-shirt de l'association que Jake m'a donné, je prends la housse dans laquelle Mme Andrews a rangé ma robe de gala avant de descendre petit-déjeuner. Willa, dans une tenue quasi identique, est déjà en bas en train de préparer des gaufres.

– Vous êtes sûres que ça ne vous dérange pas d'aller à la marche toutes seules ? demande sa mère alors que je nappe ma gaufre de sauce au chocolat.

– Darla et Jake seront là, Maman, lui rappelle Willa. Ça ira.

– Et vous serez bien à l'hôtel à 15 heures pour m'aider à tout installer ?

Je crois que le stress de l'organisation du gala commence à la gagner. Elle ne s'est jamais autant préoccupée de nos faits et gestes.

– Absolument, je lui promets. J'ai même mis une alarme sur mon téléphone.

– Merci, Alice ! répond Mme Andrews avec un sourire affectueux. Si Willa était toute seule, je m'inquiéterais, mais avec toi, je suis certaine que tout se passera bien. Et je suis désolée que tu doives rater une partie de la marche. Avec un peu de chance, le gala compensera.

– J'en suis sûre.

C'est le compromis de notre plan. J'ai beau être douée en organisation, même moi, je ne peux pas me trouver à quatre endroits à la fois. Malgré tout, je me suis débrouillée pour être présente aux moments les plus importants de la marche. Quant à Willa, elle sera aussi là où elle est censée être. Et nous serons toutes les deux au gala quand il le faudra.

– Bon, à tout à l'heure, les filles !

Après avoir attrapé son gobelet à café réutilisable en bambou, Mme Andrews file en un éclair, direction le studio pour la matinée.

Lorsque la porte se referme avec fracas derrière elle, Willa se tourne vers moi.

– Comment ça se fait qu'elle ait tellement plus confiance en toi qu'en moi, sa propre fille ?

– Je suis la plus sage, je réponds avec un haussement d'épaules.

Ma réplique la fait rire.

– Parfois, je crois que je suis la seule à te voir telle que tu es vraiment, tu sais.

– Peut-être, je concède. Mais admets que c'est utile.

– Tout à fait, confirme Willa en engloutissant la fin de sa gaufre. Allez, viens. On a du pain sur la planche ce matin !

*

À midi, nous laissons nos robes à l'hôtel pour plus tard. Willa fait une dernière fois le point avec l'organisatrice d'événements, puis nous nous séparons : je me rends à la marche, et mon amie à la plage pour son dernier après-midi de tournage.

Jake m'attend au point de rendez-vous. Je reconnais de nombreux bénévoles, vêtus du même tee-shirt que moi, qui tiennent quelques-unes des pancartes que nous avons passé la semaine à fabriquer.

Chacun d'eux a un tas de dépliants à distribuer. Le but est d'inciter d'autres personnes à nous rejoindre en chemin. La campagne que Jake et moi avons menée sur les réseaux sociaux ces deux dernières semaines semble aussi avoir poussé quelques habitants du coin à venir marcher avec nous.

– Tu peux rester combien de temps ? demande Jake alors que nous nous préparons à partir.

– Je pense que je vous quitterai quand on passera devant l'*Oceanside Hotel*. Je dois aller aider la mère de Willa puis me changer. Mais je reviendrai à temps pour le grand final, sans faute.

– On ne peut pas rater ça, hein ? lance-t-il avec un grand sourire.

– Ça non !

Pourvu que tout se déroule comme prévu…

J'ai les nerfs à vif lorsque nous nous mettons en rang. Quelques policiers sont là pour veiller à ce que la marche reste pacifique et que personne ne soit blessé. Une sono diffuse une musique au thème aquatique, entrecoupée de chants de baleine. C'est très bien choisi. Seul bémol : je ne peux m'empêcher de penser que les sons de cascades et de rivières entre les différents morceaux vont donner à tout le monde l'envie d'aller aux toilettes cet après-midi.

En tête de cortège, Darla grimpe sur un banc pour prononcer un bref discours de bienvenue et de motivation, qui reçoit un accueil chaleureux – cela dit, les participants sont si emballés par notre cause qu'à mon avis, elle aurait pu se contenter de brandir des images de méduses qu'ils l'auraient quand même applaudie.

C'est impressionnant de me retrouver entourée d'autant de gens qui partagent mes préoccupations. L'effervescence qui anime la foule me fait sourire – voire oublier tout ce qui pourrait mal tourner.

– Nous sommes réunis ici aujourd'hui pour changer les choses ! crie Darla, aussitôt acclamée. Je veux que tous les habitants de cette ville sachent précisément pourquoi ces océans sont importants et comment agir pour aider à les sauver. Alors allons leur montrer !

À ces mots, le cortège se met en branle dans un brouhaha : applaudissements, cris, rires et bavardages. Avec Jake, nous suivons le mouvement et, soudain, nous voilà en train de marcher pour *Save Our Seas*.

Mon corps entier semble vibrer sous l'effet du martèlement des pieds sur la chaussée et de l'excitation qui emplit l'air. Je suis tellement absorbée par ce sentiment de participer à un événement qui *compte* que j'en oublie presque de m'éclipser à notre arrivée devant l'*Oceanside Hotel*.

– C'est ton arrêt, me rappelle Jake en me donnant un petit coup de coude dans le bras. Tu nous rattrapes plus tard ?

– Absolument.

– Alors à tout à l'heure !

Juste au moment où je m'apprête à me retourner pour partir, Jake se penche vers moi et dépose un rapide baiser au coin de ma bouche.

Avant même que je puisse réagir, il est emporté par la foule, qui continue de chanter et de scander des slogans. Je me retrouve seule sur le bord de la route, stupéfaite.

Puis mon téléphone bipe pour me rappeler l'heure. Après avoir pris une profonde inspiration et cligné plusieurs fois des yeux, je cours vers l'hôtel.

Je penserai à Jake, et à cette esquisse de baiser, plus tard. Pour l'instant, j'ai un plan à mettre en œuvre.

WILLA

– Tu veux bien arrêter de sauter partout comme ça ? lance Jenn d'un ton sec en milieu de matinée. Tu me rends nerveuse.

– C'est juste que… Et si on ne finit pas le tournage à temps ? je demande en dansant d'un pied sur l'autre dans le sable.

C'est la partie du plan que ni Alice ni moi ne pouvons contrôler. Fran a donné son accord à la condition que ça ne l'empêche pas de terminer son film. Et ça ne *devrait* pas être le cas, tant que le tournage ne s'éternise pas.

Puisque la scène finale se déroule sur la plage et que c'est de toute façon là que nous allions tourner le dernier jour, Fran a décidé de la garder pour la fin. Sauf que Finn n'arrête pas de se tromper dans ses répliques. La seule fois où il ne fait aucune erreur, Derek s'aperçoit soudain que le costume de Kat n'est pas raccord avec la scène précédente. Il doit donc apporter des modifications avant une nouvelle prise… et maintenant, nous sommes en retard.

– Écoute, le film pour ce soir est prêt, non ? demande Jenn.

J'acquiesce. J'ai travaillé dessus jusqu'à minuit hier soir. Alice s'est endormie quand je n'en étais même pas à la moitié du montage, mais il est bien prêt.

– Alors ne t'inquiète pas, me rassure Jenn, et aide-moi plutôt à ranger ça.

Elle désigne le tas d'accessoires des scènes précédentes qui ont servi pour la dernière fois.

J'angoisse malgré tout, car le film n'est qu'une partie du plan. Et l'autre partie n'a aucune chance de réussir si Finn ne se rappelle pas ses fichues répliques !

– Ils ont presque fini, ajoute Jenn. Essaie juste d'être un peu patiente pendant le prochain quart d'heure, et tout ira bien.

Patiente ?!

Sur le front de mer, j'entends la musique, les slogans et le piétinement de ce qui doit être des centaines et des centaines de manifestants – pardon, de marcheurs pour la sensibilisation. Ils ont à l'évidence achevé leur déambulation le long de l'océan et s'apprêtent à entamer leur circuit dans les rues de Santa Monica. Je consulte l'heure sur mon téléphone. Au moins, eux aussi sont en retard.

– Il faut que je file à l'hôtel, je déclare en rempochant mon portable. Tu pourrais aller… je ne sais pas… souffler le texte à Finn hors caméra ?

Jenn ignore ma demande.

– Tu seras revenue à temps ?

– Je ne voudrais rater ça pour rien au monde, je réponds par-dessus mon épaule.

Je tombe sur Alice dans ma course vers l'*Oceanside Hotel*.

– Timing parfait, lance-t-elle avec un sourire. Tu penses que ta mère est déjà là ?

Lorsque nous ouvrons les portes, nous découvrons plusieurs hommes en smoking occupés à réagencer les meubles du hall.

– Je dirais que oui.

Maman semble avoir totalement changé d'avis sur l'organisation de l'événement depuis la réunion d'hier et le personnel de l'hôtel essaie tant bien que mal de s'adapter. Nous plongeons dans la mêlée pour les aider : Alice déplace des vases de fleurs tandis que j'attrape ma mère par le bras pour l'éloigner des employés, qui lui jettent des regards noirs, et la conduire dans la salle où aura *effectivement* lieu le gala.

– Ce n'est pas parfait ici ?

Je désigne la pièce, remplie de décorations bleu marine, argentées et vert d'eau – des nappes foncées aux confettis biodégradables en passant par les fins rideaux bleu-vert qui encadrent les fenêtres. Nous avons choisi la salle de réception qui donne presque directement sur la plage ; d'immenses baies vitrées s'ouvrent sur une terrasse semblable à celle de l'Association de protection du littoral, avec des marches qui descendent vers le sable.

À l'intérieur, chaque table est ornée d'un centre de table en bois flotté, parsemée de coquillages et de minuscules lumières, et surmontée de lampions suspendus au plafond. Des guirlandes lumineuses sont accrochées aux murs et tout autour de la terrasse. À la tombée de la nuit, ce sera absolument magique.

– C'est parfait, Maman.

Elle fronce les sourcils, les yeux tournés vers le fond de la salle.

– Qu'est-ce que ça fait là ?

Je suis son regard et repère le grand écran que j'ai commandé, visible depuis la terrasse et la plage ainsi que de la salle de réception.

– Ah, ça ? J'imagine qu'ils ont oublié de l'enlever…

Je traverse la pièce à toute vitesse pour appuyer sur un bouton, et l'écran se replie dans un caisson au plafond.

– Oh ! s'exclame Alice, apparue sur le seuil. C'est magnifique.

– Tu ne crois pas que je devrais leur demander de décrocher cet écran, Alice ? Je n'aime pas ce truc noir au plafond.

– Il est sûrement inamovible, Maman, je m'empresse de répliquer.

– Eh bien, ils pourraient le recouvrir, insiste ma mère avant de se retourner, de toute évidence à la recherche d'un employé de l'hôtel à mener à la baguette.

– En fait, Mme Andrews, il serait utile pour diffuser des photos du travail accompli par l'association cette année, improvise Alice. Jake et moi, on pourrait préparer un diaporama.

– Vous êtes sûres que c'est approprié pour un gala de ce genre ? demande Maman, qui n'a pas l'air totalement convaincue.

– Montrer aux gens pour quoi ils donnent leur argent ? je rétorque d'un ton sarcastique. Non, je ne crois pas.

Ma mère me lance un regard exaspéré.

– Les invités attendent un certain degré de sophistication d'un événement pareil, Willa. Comme si ça ne suffisait pas d'avoir dû l'organiser au dernier moment…

– Je pense que cette idée plairait beaucoup à Darla, intervient Alice. Elle était tellement déterminée à consacrer cette journée à la sensibilisation de l'opinion publique. Et la moitié du problème de l'urgence climatique ne vient-elle pas justement du fait que les gens se disent très préoccupés par cette question, sans agir pour autant ? Comme ça, ils verront exactement ce qu'ils peuvent faire.

Ce qui est le but précis du film qu'Alice, Jake, Matty, Jenn et moi avons passé les dernières quarante-huit heures à réaliser. D'une certaine façon, Alice essaie de convaincre ma mère d'accepter notre plan en lui disant toute la vérité.

Je n'avais pas envisagé cette option. Or elle fonctionne.

– D'accord. On ne touche pas à l'écran et on en parlera à Darla plus tard.

Mon amie et moi échangeons un regard de triomphe.

– Bon, si tout paraît en ordre ici, on peut aller se préparer ! Je nous ai réservé une suite à l'étage. Venez !

Ça, ça ne fait pas partie du plan.

– Comment on va s'en sortir ? je chuchote à Alice en chemin vers les ascenseurs.

Elle réfléchit en se mordillant la lèvre, puis sourit.

– C'est vraiment dommage que tu mettes autant de temps à te préparer, Willa. Je veux dire, tu pourrais passer une *éternité* là-haut, non ?

– C'est vrai, je réponds en lui rendant son sourire.

Notre plan peut encore fonctionner. En tout cas, je l'espère.

ALICE

Heureusement pour nous, la suite réservée par Mme Andrews comporte deux chambres avec des salles de bain attenantes, sans compter un coin salon. Elle choisit la chambre principale pour se préparer, tandis que Willa et moi filons dans l'autre avant de refermer la porte derrière nous.

– Qu'est-ce qu'on va faire ? demande mon amie en sautant sur le lit.

Je traverse la pièce pour regarder par la fenêtre. Un escalier de secours métallique court le long de la façade jusqu'au rez-de-chaussée. Parfait.

– Bon, je commence en me retournant vers Willa, je vais rester ici et me changer en parlant toute seule. Toi, pendant ce temps, tu vas sortir par la fenêtre pour aller vérifier que ton équipe de tournage est toujours dans les temps.

Mon amie – c'est tout à son honneur – ne sourcille pas à cette idée. Or je ne lui ai même pas parlé de l'escalier de secours.

– Et ensuite ?

– Je dirai à ta mère que tu es encore en train de te coiffer ou je ne sais quoi d'autre. Avec un peu de chance, ça te fera gagner assez de temps pour tout régler avant de revenir te changer.

J'ai vu combien de temps prenait sa routine coiffure et maquillage. C'est tout à fait plausible. Mais j'ajoute :

– Tu ferais mieux de te dépêcher.

Willa acquiesce et se dirige vers la fenêtre. De mon côté, je vais chercher les housses à vêtements, en espérant arriver à faire patienter Mme Andrews suffisamment longtemps.

*

– Oh, Alice, tu es ravissante ! s'exclame la mère de Willa lorsque je sors de la chambre. Tu as clairement fait le bon choix avec cette robe écume de mer.

– Merci ! Vous êtes très belle, vous aussi.

La robe de Mme Andrews, bleu marine à liseré argenté, est à la fois classique et originale. Elle la porte avec l'assurance que seules les stars de cinéma et Willa semblent posséder.

– Où est ma fille ? J'ai hâte de la voir dans cette robe argentée !

Elle avance d'un pas vers notre chambre, mais je lui bloque aussitôt le passage.

– Oh, euh... elle a passé tellement de temps à me coiffer et me maquiller qu'elle ne s'est pas encore changée, je mens en ignorant le pincement de culpabilité dans mon estomac. Je lui ai dit que j'allais commencer à vous aider ; elle nous rejoindra plus tard.

Mme Andrews paraît apaisée. Je soupire de soulagement quand elle se tourne vers le couloir.

– D'accord. Je vais donc aller vérifier que tous les verres de bienvenue sont prêts.

Je la suis jusqu'au hall, où seront accueillis les invités avant de se rendre dans la salle de réception. Dans la plupart des hôtels où j'ai séjourné, le hall comportait un bureau d'accueil, un canapé ou deux, et parfois un distributeur automatique et quelques dépliants sur les attractions du coin. L'*Oceanside* n'est pas ce genre d'établissement.

Sur le mur du fond, une immense baie vitrée donne sur la terrasse face à la plage, que j'imagine reliée à la salle de réception. L'édifice semble être composé plus de verre que de brique, davantage tourné vers l'extérieur que l'intérieur. Même les ascenseurs sont en verre, situés en plein milieu du bâtiment et entourés d'une végétation luxuriante. Des palmiers en pot sont disséminés un peu partout et, maintenant que la mère de Willa a réagencé les meubles, tous les sièges sont orientés vers l'océan. Derrière les ascenseurs se trouve un buffet recouvert de coupes de champagne.

– Bien entendu, il y aura aussi des serveurs qui circuleront avec des plateaux, n'est-ce pas ? demande Mme Andrews à l'organisatrice d'événements, qui acquiesce. Bon, qu'est-ce qu'on doit vérifier d'autre… ?

Je suis la mère de Willa et fais tout mon possible pour l'aider, en espérant qu'elle ne se souvienne pas que sa fille est toujours censée être à l'étage. Mais la supercherie ne peut pas durer éternellement.

– Oh, Alice ! Les derniers détails à régler pour les enchères silencieuses. J'ai complètement oublié ! Tu pourrais t'assurer que tout est en place ? Les premiers invités ne vont plus tarder. Willa saura quoi faire, elle s'en est déjà occupée. Elle doit être prête maintenant. Va la chercher.

– Bien sûr, je réponds avec un faible sourire, le cerveau en ébullition. Euh… en fait, il faut que je repasse à l'association pour régler des… trucs. Je vais demander à Willa de se charger des enchères avant d'y aller.

– D'accord, ma chérie.

Mme Andrews a déjà reporté son attention sur le porte-bloc de l'organisatrice pour régler les derniers détails.

Pendant que je monte dans l'ascenseur vitré, elle se dirige vers la terrasse arrière. Tache bleu marine sur tout ce blanc et ce verre, elle n'est plus reconnaissable qu'à sa robe. Willa a raison : parfois, on voit une tenue et on tire aussitôt des conclusions sur la personne qui la porte. Voilà tout !

Je regagne en courant la suite, où je m'empresse de retirer ma magnifique robe écume de mer pour me glisser dans celle de mon amie, argentée, tout en me promettant que c'est vraiment la dernière fois que je me fais passer pour elle. Puis je relève à la hâte mes cheveux en une coiffure qui, je croise les doigts, paraîtra suffisamment sophistiquée de loin. L'essentiel, c'est que je sois coiffée différemment.

En espérant en avoir fait assez, je retourne à l'ascenseur à toute vitesse. Comme je m'y attendais, Mme Andrews et l'organisatrice sont toujours sur la terrasse. Elles lèvent les yeux lorsque la cabine descend et j'agite la main en comptant sur la distance et la vitre pour dissimuler un peu les traits de mon visage.

Cela semble fonctionner. La mère de Willa me répond d'un geste de la main, avant de désigner la petite salle annexe où se tiendront les enchères silencieuses. Je lève le pouce en signe d'accord et elle hoche la tête. Je retiens mon souffle au moment où l'ascenseur s'arrête dans le hall. Si Mme Andrews vient me parler, elle verra tout de suite que je ne suis pas Willa et notre plan tombera à l'eau.

Elle n'en fait rien. Apparemment satisfaite des instructions qu'elle m'a données, elle sort sur la terrasse principale. Je pousse un soupir de soulagement quand les portes de la cabine s'ouvrent, puis je traverse le hall en courant jusqu'à la salle des enchères.

Je n'ai pas beaucoup de temps pour les mettre en place, mais ça ne doit pas être bien sorcier. D'un instant à l'autre, la prochaine étape de notre plan sera lancée. Et il n'est pas question que je rate ça !

WILLA

J'arrive à la plage juste au moment où ils terminent enfin. Être là pour entendre Fran prononcer la formule « Eeeet… c'est dans la boîte, les gars ! », suivie des cris de joie de l'équipe, signifie plus pour moi que je ne l'aurais cru. Je me sens réellement intégrée, même si je n'ai pas toujours été présente.

Nous avons réalisé un film. Mon premier en tant que membre d'une équipe. Un vrai court-métrage indépendant, qui sera diffusé devant un vrai public, une fois le montage terminé. C'est gratifiant. Mais je n'ai pas le temps de savourer ce sentiment.

– Tout le monde est prêt ? je demande à Jenn.

J'entends déjà les chants et les slogans depuis le front de mer. Les marcheurs reviennent le long de la plage.

Jenn acquiesce.

– Matty et Tyler vont finir de ranger ici pendant que nous autres, on se met au travail. La musique est prête ?

– Normalement.

Alice et Jake ont-ils bien rempli leur rôle (prendre le petit haut-parleur que Darla a utilisé pour son discours d'introduction et le connecter au téléphone de Jake) ? Avec un peu de chance, cette tâche n'a pas posé de problème.

– Alors c'est parti !

Je reçois plein d'accolades et de félicitations lorsque je distribue les tee-shirts qu'Alice et moi avons customisés en restant plus tard à l'association jeudi soir. Tout le monde les enfile avant d'aller rejoindre la marche.

Nous rattrapons les manifestants juste après la jetée, alors qu'ils se dirigent vers le siège de l'association et l'*Oceanside Hotel.* Quand il me repère, Jake lève le pouce. Je souris et commence enfin à me détendre.

Le timing est parfait. C'est la partie du front de mer la plus animée, avec le plus de touristes pour assister à ce qui va bientôt se produire. Les bénévoles de l'association semblent avoir déjà considérablement gonflé le nombre de marcheurs depuis le début et les nouveaux venus sont nombreux à tenir des dépliants ou les pancartes fabriquées par Jake et Alice.

Il règne une ambiance de carnaval, bruyante, festive et joyeuse. Les couleurs vives des tee-shirts de l'association portés par les manifestants brillent sous le soleil éclatant. De jeunes enfants assis sur les épaules de leurs parents agitent des drapeaux ornés de méduses. Les gens semblent… emplis d'espoir.

Fran croise mon regard et je hoche la tête. C'est le moment.

Une main levée en l'air, je donne le signal à Jake. Soudain, un son nouveau retentit.

– Ici votre capitaine ! clame Jake dans le micro, assez fort pour attirer l'attention de tout le monde alentour.

J'aperçois Darla, à l'autre bout de la foule, qui se retourne, perplexe. Et à côté d'elle se tient… Oh, purée ! Le proviseur Carter. Bon, c'est trop tard maintenant. Jake est lancé.

– Ce sont nos vagues, nos océans, nos plages. Il est temps de les nettoyer. De les sauver. Et il est clairement temps de… DANSER !

La musique, forte et dynamique, commence juste au bon moment. Les basses font vibrer le sang dans mes veines. Exactement au même instant, mes amis – Fran, Jenn et le reste de l'équipe – passent à l'action.

Nous n'avons pas eu beaucoup de temps pour répéter entre les prises, mais la plupart d'entre eux se produisent en spectacle depuis toujours. Fran tournoie la première, suivie de Polly et de Bethany en parfaite synchronisation. La foule se met à applaudir alors que Derek et Finn rejoignent les filles pour les soulever et les faire tourner avant de les reposer en hauteur sur les balustrades.

C'est le signal pour que Jenn, Kat et moi entrions dans la danse. La foule nous fait de la place tandis que nous nous alignons. Portée par la musique, j'exécute les pas sans réfléchir.

Puis le changement de tonalité marque le début de la partie la plus difficile. Après un rapide coup d'œil autour de moi pour m'assurer que les autres font pareil, je tends le bras dans la foule et j'attrape la main d'une inconnue pour l'attirer dans la danse. Par chance, ma partenaire – une femme un peu plus âgée que ma mère – joue le jeu et copie parfaitement mes gestes.

Je souris de soulagement en constatant que de plus en plus de spectateurs se mettent à danser avec nous, sans même paraître se rendre compte que nous les conduisons, pas à pas, le long du front de mer.

Jake recule en *moonwalk* et me crie par-dessus la musique :

– Où est Alice ?

– À l'hôtel, je crois ! je hurle. Mais elle devrait guetter notre arrivée…

Je fais pivoter ma partenaire pour mieux voir devant moi et j'aperçois un tissu argenté brillant qui m'aveugle presque dans la lumière du soleil.

Jake la repère au même moment. Je le devine car il reste bouche bée à sa vue. Alice, vêtue de cette incroyable robe argentée, descend le front de mer en dansant.

– C'est l'heure de la phase trois ! je m'exclame d'un ton joyeux avant de confier ma partenaire à un autre danseur pour me faufiler vers mon amie. Tu portes ma robe !

– J'ai dû me faire passer pour toi, explique-t-elle. Viens ! On doit retourner se changer avant qu'ils arrivent à l'hôtel.

Si nous réussissons, ce sera de justesse. Mais il faut que nous soyons là à l'arrivée de la flash-mob à l'*Oceanside Hotel* – au moment précis où les invités du gala siroteront leur verre de bienvenue. Ce qui n'est pas un hasard.

– C'est une chose de sensibiliser les habitants et les touristes de Santa Monica, a souligné Alice en nous exposant son plan, à Jake et moi, plus tôt dans la semaine. Et c'en est une autre de convaincre de riches célébrités de faire un don à l'association.

« Et si on pouvait recueillir à la fois de l'argent et une prise de conscience ? a-t-elle ajouté. Les dons sont importants, bien sûr. Mais si les gens donnent et puis reprennent exactement le même mode de vie qu'avant, rien ne changera. Ils savent très bien qu'il y a un problème. Ils ont juste besoin qu'on leur dise ce qu'ils peuvent faire concrètement, même s'ils n'ont pas des millions de dollars à donner et une invitation à un gala chic.

– Alors on les réunit, a déduit Jake. Mais comment ?

C'est là qu'intervient la fin du plan d'Alice.

Or voilà qu'avec la musique, la danse et les journées les plus chargées de ma vie, ce plan se réalise. Tous les participants à cette marche, y compris les touristes et les habitants du coin qui ont été intégrés en chemin, sont en route pour s'incruster au gala de ma mère.

Il faut donc *vraiment* que nous arrivions avant eux.

ALICE

Nous évitons la catastrophe de justesse quand, à notre arrivée à l'hôtel, nous repérons la mère de Willa sur la terrasse au bord de la plage, le regard tourné vers la flash-mob qui approche. Mon amie m'attrape par la main et me tire d'un coup sec sur le côté du bâtiment avant qu'elle ne nous remarque. Nous montons ensuite bruyamment l'escalier de secours pour nous glisser dans notre chambre par la fenêtre ouverte – c'est plus dur qu'il n'y paraît en robe longue.

Après nous être changées à la hâte – j'enfile ma robe écume de mer, et Willa l'argentée que je portais –, nous descendons à toute vitesse les nombreuses volées de marches jusqu'au hall, sans même attendre l'ascenseur.

– Où est-ce que vous étiez passées, toutes les deux ? demande Mme Andrews lorsque nous entrons, à bout de souffle, dans la salle de réception.

Celle-ci est déjà remplie d'invités en smokings et robes de soirée, qui bavardent poliment en sirotant des cocktails au champagne. Je reconnais un ou deux acteurs de cinéma et j'ai l'impression d'avoir déjà vu d'autres convives quelque part.

C'est le monde de Willa. Et le mien va bientôt le percuter de plein fouet.

– Désolée, Maman ! crie mon amie en se précipitant devant elle sur la terrasse. Tu as vu ce qui se passe là-bas ?

La flash-mob n'était pas si loin derrière nous quand nous sommes parties en courant vers l'hôtel. Les voilà maintenant en nombre, emplissant de musique et de danse la plage en contrebas.

– Ce sont des manifestants contre le gala ? nous demande un homme en scrutant les pancartes. Ils savent qu'on est là pour soutenir la même cause, n'est-ce pas ?

– Non ! s'écrie Willa.

Elle me fixe, les yeux écarquillés. Je n'ai pas songé une seule seconde que les invités puissent croire ça ! Il faut qu'on passe à la phase quatre, et vite.

– Je pense qu'ils sont là en soutien, ajoute-t-elle. Pour célébrer… la protection des océans ?

– Où est l'interrupteur de l'écran ? je chuchote à Willa, qui m'indique le mur d'en face.

– Occupe-toi de le descendre. Moi, je vais m'assurer que Matty a bien chargé le film.

Mon amie y a mis tout son cœur. Même si elle a séché quasiment tout son temps de bénévolat, elle s'est rattrapée ces derniers jours. Elle nous a suivis avec sa caméra, Jake et moi, pour en apprendre le plus possible sur le travail accompli par l'association. Matty et Jenn nous ont aussi aidés : ils arrivaient tôt le matin sur le tournage et restaient sur la plage après leur journée de travail pour filmer Santa Monica jusque dans la soirée. Avec Willa, ils ont tourné de nombreux plans des déchets et des dégâts que ces derniers pouvaient causer, pour les habitants et la faune marine.

Willa a même interviewé Darla dans son bureau, en se faisant passer pour moi, bien sûr. Puis elle a emprunté quelques-uns des films pédagogiques utilisés par l'association pour les visites scolaires et en a combiné des extraits avec ses propres images. Elle a ainsi réalisé un court-métrage complet sur l'importance de préserver nos océans, tout en demandant au spectateur de réfléchir à son propre rôle pour y parvenir.

Ce film conçu dans la précipitation manque peut-être de subtilité. Il a été tourné sans tout le matériel pro utilisé par l'équipe pour le vrai projet de Willa. Mais pour moi, c'est un chef-d'œuvre. Et l'heure est venue de le partager avec les autres.

Lorsque j'actionne l'interrupteur, l'écran géant s'abaisse dans la salle. Il est fixé sur un bras articulé, qui nous permet de le sortir par les portes ouvertes pour qu'il soit suspendu au bord de la terrasse, visible par ceux qui se trouvent sur la plage aussi bien que par les participants au gala. Dès que le film démarre, la foule se tait. Peu après, les manifestants et l'équipe de tournage de Willa commencent à grimper les marches de la terrasse pour le regarder, eux aussi. La plupart des invités semblent trop concentrés sur le court-métrage pour remarquer qu'ils ont été rejoints par les marcheurs.

Je fixe les images, stupéfaite de me voir à l'écran en train de parler à des enfants du nettoyage de la plage auquel ils allaient prendre part. Je ne m'étais même pas rendu compte que Willa était venue me filmer en douce ce matin-là.

Quand je jette un coup d'œil de l'autre côté de la terrasse, je vois Jake me sourire.

– Superstar, articule-t-il en silence.

Je baisse la tête pour cacher ma joie.

La vidéo s'achève sur un magnifique plan de la plage de Santa Monica au coucher du soleil, avec la voix off de Willa qui conclut : « Que ferez-vous pour la sauver ? » tandis que la musique s'estompe. La foule se met aussitôt à applaudir. Peu après, un autre bruit emplit la salle : un brouhaha de questions.

Notre plan a fonctionné. Tout le monde demande ce qu'il peut faire, au quotidien, pour changer les choses. Ils s'interrogent sur les plastiques à usage unique, le recyclage, les nettoyages de plages, *tout* ce que Willa a mentionné dans son film. Le seul problème, c'est qu'ils n'attendent pas de réponses.

Je lance un regard inquiet à Jake, mais il s'entretient déjà avec un employé de l'hôtel qui sort un micro d'un placard dissimulé. Jake saute sur la partie surélevée qui fait office d'estrade au bout de la terrasse et commence à parler dans le micro.

– Merci à tous d'avoir regardé ce film de l'Association de protection du littoral et d'être venus nous soutenir ! (Cette introduction est acclamée par la foule.) Je tiens à remercier en particulier Willa Andrews, qui a monté ce film pour nous. C'est elle, là-bas, avec la robe argentée.

Il pointe un doigt dans notre direction. Willa esquisse une petite révérence tandis qu'une nouvelle vague d'applaudissements parcourt la salle.

– Maintenant, comme nous le savons tous, sauver les océans exigera des efforts de la part de chacun d'entre nous, poursuit Jake. J'aimerais donc inviter une bénévole de l'association, ma chère amie Alice Wright, à venir répondre à certaines de vos questions.

Je le dévisage, les yeux écarquillés d'effroi. Willa me donne un petit coup de coude dans les côtes.

– Vas-y. À ton tour d'être sous les projecteurs !

– Je ne peux pas ! je chuchote. C'est Darla qui devrait le faire. Ou un autre bénévole.

– Oh, je ne crois pas, réplique Darla, soudain apparue à mes côtés. Il me semble que tu as accompli le travail de deux bénévoles ces dernières semaines. Alors je pense qu'on peut compter sur toi pour trouver des réponses validées par l'association.

À ces mots, Willa a l'air un peu nerveuse, d'autant plus que sa mère se tient à côté de Darla. On dirait bien que notre secret est découvert. Finalement, je serai peut-être plus en sécurité sur cette estrade.

La dernière fois que j'ai parlé en public, j'étais Willa. Je portais ses vêtements et son assurance comme un costume. Un bouclier. Maintenant, je ne suis plus qu'Alice Wright. Je dois y arriver toute seule.

Jake me donne le micro et je regarde la foule. Après avoir pris une profonde inspiration, je me lance.

– Bonjour à tous. Vous devez avoir beaucoup de questions et je suis impatiente d'y répondre. Mais j'en ai moi aussi quelques-unes à vous poser. Tout d'abord, selon vous, combien d'espèces vivent dans nos océans ? Quelqu'un a une idée ?

ALICE
Tu ne croiras jamais ce que
je viens de faire !

LUCA
Si ça a un rapport avec ce Jake,
je ne veux VRAIMENT pas
le savoir.

ALICE
Non ! Enfin, si, en quelque
sorte. Mais pas dans
ce sens-LÀ.

ALICE
Je viens de monter sur scène
devant une salle remplie
de célébrités et de bénévoles,
et une plage pleine de
manifestants, pour répondre
à des questions sur la
protection de nos océans.

ALICE
Et je ne me faisais même pas
passer pour Willa.

LUCA
Pourquoi tu aurais besoin
de te faire passer pour Willa ?
Ça, c'est clairement
le genre d'Alice.

WILLA

Alice assure : elle répond à chaque question de manière claire et intelligente. Jake intervient parfois, ainsi que Darla pour expliquer le fonctionnement de l'association, mais mon amie est clairement la vedette du spectacle.

Comme je n'ai pas ma mini-caméra sur moi, je sors mon téléphone afin d'enregistrer ce moment pour la postérité. Puis, quand elle a terminé, je veille à capturer aussi quelques images du reste de l'événement – y compris l'équipe de télévision locale venue faire un reportage.

– Je sais qu'on a parfois l'impression de n'être qu'un minuscule poisson dans un immense océan, conclut Alice. Mais être honnêtes envers nous-mêmes sur notre mode de vie, ce n'est pas rien. Et tous les petits changements s'additionnent. Alors commencez modestement. Apportez votre gobelet réutilisable dès que vous prenez une boisson à emporter. Prenez votre propre sac de courses. Puis, une fois que ces gestes-là seront devenus des habitudes, attaquez-vous aux plastiques à usage unique et essayez de les bannir de votre vie autant que possible. Mettez-vous sérieusement au recyclage. Continuez de chercher d'autres petits changements, en sachant que chacun d'eux fait la différence. Et plus on arrivera à convaincre de gens d'adopter ces gestes, plus cette différence sera grande. Enfin, si vous devez ne retenir qu'une seule leçon de cette soirée, c'est que vos choix comptent. Vos décisions comptent. Et vous pouvez toujours, toujours faire la différence !

Les applaudissements retentissent dans la salle. Je filme Alice, rayonnante, en gros plan, avant de me retourner pour réaliser un panorama complet. Le visage de ma mère remplit soudain l'écran.

J'arrête la vidéo et arbore un sourire innocent, mais elle hausse un sourcil incrédule.

– Je crois qu'il est temps qu'on ait une petite discussion, non ?

Nous descendons sur la plage, après avoir laissé nos chaussures à talons sur la terrasse pour plonger nos pieds dans le sable. J'ignore par où commencer. Finalement, je me décide pour le début : le jour de l'arrivée d'Alice et le plan que nous avons conçu. Il s'avère que c'est beaucoup plus simple de raconter toute la vérité que d'inventer de nouveaux mensonges.

– Le but de ton bénévolat pendant ces vacances, c'était de t'inciter à penser aux autres, fait remarquer Maman lorsque j'ai terminé mon récit. Pas d'amener ton amie à assurer ta punition à ta place.

– Je sais, j'avoue d'un ton triste. (Je ne prends même pas la peine de préciser que c'était d'abord l'idée d'Alice, car j'ai conscience que là n'est pas la question.) Et j'ai mis un moment à le comprendre. Mais j'ai vraiment essayé de me rattraper à la fin. Sans compter que l'association a gagné au change avec Alice. Tu l'as vue sur scène ?

Ma question la fait sourire.

– Elle était incroyable. Tout comme le film que tu as réalisé. Seulement, ajoute ma mère avec un soupir, ça ne change pas le fait que tu m'aies menti sur où tu étais, avec qui, et ce que tu faisais. Tu connais notre règle d'or, Willa. Elle est essentielle.

Mes parents me laissent assez libre de gérer mon emploi du temps. Ils savent aussi qu'avec leurs carrières, ils ne peuvent pas me surveiller en permanence. Nous avons donc établi une règle incontournable : je dois leur dire où je suis et avec qui. Or je l'ai enfreinte.

– Au moins, cette fois, j'étais dans le bon pays ? je tente. (L'expression de ma mère ne se déride pas.) Je suis désolée, Maman. Sincèrement. Et j'accepterai la punition que tu jugeras appropriée.

– Hmm…, fait-elle en se retournant vers l'hôtel, songeuse. Qu'est-ce qui, selon toi, serait une punition appropriée ?

Je cligne des yeux. Selon moi ?

– Euh… peut-être faire du bénévolat à l'Association de protection du littoral jusqu'à la fin de l'année scolaire ?

Nettoyer la plage n'est pas tout à fait ce que j'appellerais une activité amusante pour un samedi, mais, quitte à être punie, autant que ce soit utile.

– On dirait que tu ne seras pas seule.

Ma mère désigne l'hôtel. Sur la plage, sur la terrasse et sans doute aussi dans la salle, la phase cinq du plan d'Alice prend effet. Des bénévoles de l'association munis de porte-blocs notent les coordonnées de tous ceux qui souhaitent rejoindre leurs rangs, maintenant qu'ils sont bien informés.

Et les gens font la queue pour s'inscrire.

Je vois Jenn, Fran et d'autres personnes en tenue de soirée dans la file d'attente, ainsi que de nombreux marcheurs que nous avons entraînés en chemin.

Notre plan a fonctionné. Et même si je vais devoir ramasser des déchets sur la plage jusqu'à la fin de ma scolarité, ça en valait la peine.

J'adresse un grand sourire à Maman, qui me le rend.

– Allez, viens ! Retournons à la fête. N'oublie pas que c'est la dernière soirée d'Alice. Célébrons-la ensemble !

ALICE

Le gala est une soirée tellement magique que j'en oublierais presque que je rentre à Londres demain. Mais lorsque la foule commence à se disperser, je ne peux plus faire semblant. Mon séjour à Los Angeles touche à sa fin.

Debout au milieu de la salle joliment décorée, je m'imprègne des événements de ces deux dernières semaines.

– Dis donc, tu as été fantastique ce soir !

Jake surgit de la terrasse, les mains dans les poches et un sourire aux lèvres.

– Merci de m'avoir poussée à monter sur scène, je réponds en m'approchant de lui. Je ne l'aurais jamais fait toute seule.

– Je sais, réplique-t-il simplement. Mais j'étais sûr que tu serais incroyable, alors…

Il hausse les épaules.

– Je suis désolée qu'on n'ait pas eu beaucoup de temps en tête à tête ce soir, j'ajoute.

– Ce n'est rien. Ton intervention était plus importante.

S'ensuit un silence gênant pendant lequel nous nous fixons. Puis je lâche les mots auxquels nous pensons tous les deux.

– Je rentre chez moi demain matin. Je ne sais pas si je reviendrai à Los Angeles.

– J'irai peut-être à Londres, un jour. En attendant… ce serait super de rester en contact.

– Carrément ! Je suis tellement contente de t'avoir rencontré, Jake. Merci ! Tu m'as aidée… à me retrouver.

– Cool ! (Il se rapproche, croise mon regard, puis m'attire dans ses bras.) Parce que tu es incroyable.

– Toi aussi, tu es assez incroyable, je chuchote contre son épaule. Même si tu manges des burgers avec un emballage non recyclable.

– Personne n'est parfait, rétorque-t-il en riant dans mes cheveux.

Il s'écarte alors, juste assez pour me regarder de nouveau dans les yeux. De toute évidence, ce qu'il y voit le satisfait, car il se penche lentement et m'embrasse – c'est un doux baiser, comme dans un film. La fin parfaite de mon aventure californienne.

– Au revoir, Alice, murmure-t-il avant de s'éloigner.

Et je reste plantée là, le sourire aux lèvres.

*

De retour chez Willa, nous troquons nos robes chics contre nos pyjamas. Puis mon amie et sa mère se demandent quel film choisir pour ma dernière soirée et si nous avons assez de pop-corn.

Je les laisse gérer ces questions et m'éclipse au bord de la piscine pour appeler mon père en vidéo.

– Mon Étoile de mer ! Comment ça va au pays de *La La Land* ? On a hâte que tu rentres à la maison demain.

À la maison. Je croyais être prête. Toutefois, entendre ces mots me rappelle celle qu'ils ont choisie sans moi.

– Moi aussi, j'ai hâte de vous revoir. Même si Willa et mon travail à l'association vont me manquer.

Et Jake, je pense sans le dire. Il y a certaines choses qu'un père n'a pas besoin de savoir.

– J'en suis sûr. Enfin, avec un peu de chance, Willa pourra venir nous rendre visite cet été ? On devrait avoir emménagé dans la nouvelle maison avant le mariage, alors on aura largement la place de l'accueillir.

– J'ai regardé les photos que Mabel m'a envoyées. La maison a l'air chouette.

C'est vrai. C'est le genre de maison qui respire le bonheur. Mais je n'en aurai la certitude qu'en la voyant de mes propres yeux.

Sauf que… si j'y habite avec Papa et Mabel, comment pourrait-il en être autrement ? Quand on est tous les trois, on est heureux. Cette maison n'est que le bâtiment dans lequel nous vivrons ce bonheur.

– Je suis ravi qu'elle te plaise, avoue mon père, visiblement soulagé. Je m'inquiétais, parce que tu n'en parlais pas beaucoup quand tu appelais. Et Mabel m'a répété qu'on n'aurait pas dû faire d'offre sans que tu l'aies visitée. Mais je ne voulais pas rater cette occasion et je… la sentais bien. Tu vois ?

– Je suis certaine que je vais l'adorer quand je la verrai, j'affirme en espérant que ce soit vrai.

– Eh bien, on s'est arrangés pour que tu la visites avec nous le lendemain de ton retour. Et si elle ne te plaît pas, on pourra se rétracter.

– Si Mabel et toi pensez que c'est la bonne, alors je vous fais confiance. J'ai hâte de la voir. L'essentiel, c'est qu'on y vivra tous ensemble.

– Exactement, approuve Papa avec un sourire. Et on décorera ta chambre, bien entendu. Une fois qu'on aura installé toutes nos affaires, on se sentira chez nous, tu ne crois pas ?

– Bien sûr, je réponds, soudain plus confiante.

– Tu nous manques, mon Étoile de mer. Rentre vite à la maison !

À la maison.

Désormais, c'est à Londres que je suis chez moi. Avec Papa et Mabel, dans cette nouvelle maison.

Je prends tout à coup conscience de ce que cela signifie.

Je dois cesser de me dérober à ma nouvelle vie là-bas – de me cacher à la bibliothèque, dans les toilettes ou au fond de la classe. Il faut que je commence à *vivre,* à me faire des amis. Simplement me rapprocher un peu plus d'Hal serait déjà un bon début.

De petits changements, un à la fois. Comme emporter un gobelet réutilisable ou, dans le cas présent, parler à quelqu'un de nouveau. Déjeuner à la cantine ou dans la cour plutôt que dans mon coin.

Je n'ai pas besoin d'être Willa à Londres. Juste moi-même : l'Alice capable de monter sur scène pour transmettre des informations importantes. Celle qui se soucie du monde, de l'environnement, des autres. Et celle qui sait s'amuser.

Voilà l'Alice que je vais ramener à Londres.

WILLA

– Je n'arrive pas à croire que tu partes demain, je chuchote à Alice lorsque nous nous pelotonnons dans nos lits plus tard ce soir-là.

– Je sais, murmure-t-elle. C'est passé tellement vite !

– Mais tu t'es bien amusée, non ?

– Comme jamais !

Je vois ses lèvres s'étirer dans la lumière de mon réveil, réglé pour sonner tôt demain matin afin qu'elle ne rate pas son avion.

– À ton avis, ta mère te laissera venir à Londres pour le mariage cet été ? demande-t-elle.

Je réfléchis à sa question. C'est dans quelques mois seulement. Il va donc falloir que je travaille Maman au corps. Même si j'ai conscience de l'avoir déçue pendant ces vacances, je crois aussi être parvenue à me racheter.

– Je pense que j'arriverai à la convaincre.

– Tant mieux. Ce ne serait pas pareil sans toi.

– Évidemment. (Je me retourne sur le dos et souris au plafond.) Rien n'est pareil sans moi !

Ma réponse fait rire Alice, ce qui était bien sûr le but. Je poursuis :

– En plus, tu auras besoin de mon aide pour choisir les robes des demoiselles d'honneur. Sinon, tu vas te retrouver avec des tenues sur le thème des créatures marines et des poissons dans le bouquet de la mariée.

Mon amie rit de plus belle et enfouit sa tête dans son oreiller pour ne pas que Maman nous entende et vienne nous dire de dormir.

– Je crois que Mabel a légèrement meilleur goût que ça, réplique-t-elle une fois calmée.

– Tu en es sûre ? Parce que j'ai fait les magasins avec elle…

Quand Alice arrête enfin de glousser, je lui pose la question que je meurs d'envie de lui poser depuis le début de la soirée.

– Alors, comment c'était ?

– Quoi donc ? demande-t-elle d'un ton perplexe.

Je lève les yeux au ciel, bien qu'elle ne puisse sûrement pas me voir dans le noir.

– D'embrasser Jake !

– Oh ! Ça. (Je devine qu'elle rougit rien qu'au son de sa voix.) C'était… bien.

– Juste bien ?

– Bon, d'accord. C'était parfait.

Après avoir analysé en détail le premier baiser d'Alice, aucune de nous deux n'arrive à dormir. À la place, nous bavardons de tout et de rien jusque tard dans la nuit, quand elle s'assoupit au milieu d'une phrase, me laissant seule avec mes pensées.

Ces vacances de printemps ne se sont pas passées exactement comme je l'imaginais quand j'ai invité Alice à Los Angeles. Mais de bien des façons, c'était encore mieux. Je finis par m'endormir, le sourire aux lèvres.

ALICE

Nous nous levons en retard le lendemain matin, car nous n'avons pas entendu le réveil de Willa. C'est finalement la course pour que moi et ma valise – remplie à la hâte avec, je l'espère, toutes mes affaires, et peut-être aussi quelques-unes des siennes – arrivions à temps à l'aéroport.

Mais nous y parvenons. Mon amie et sa mère m'accompagnent dans le terminal, où nous nous disons au revoir avant que je ne sois confiée au responsable des mineurs non accompagnés.

– On se revoit à Londres pour le mariage, hein ? je demande à Willa.

Je cherche l'approbation de Mme Andrews d'un regard nerveux au souvenir de notre conversation de la nuit dernière. Mon amie était certaine d'arriver à convaincre sa mère. Pour ma part, je suis moins confiante.

– Carrément ! s'exclame Willa. Hein, Maman ?

– On en discutera avec ton père, répond Mme Andrews avec un sourire résigné. Mais si tu réussis à éviter les ennuis aussi longtemps…

Ah, si c'est ça la condition, nous n'avons aucune chance. En voyant mon visage se décomposer, la mère de Willa éclate de rire.

– Je suis sûre qu'elle en est capable. J'en parlerai à ton père et Mabel, Alice. On trouvera une solution.

– Super ! je m'écrie avant de serrer mon amie dans mes bras une dernière fois.

Je suis presque rendue au portique de sécurité quand Willa m'appelle. Je fais volte-face pour tenter de saisir ce qu'elle me dit avant d'être emportée par la foule de passagers qui essaient de ne pas rater leurs vols.

– Regarde ton téléphone ! crie-t-elle, une main en porte-voix. Avant le décollage ! Je t'envoie un truc !

Je suis tellement en retard que je dois presque courir jusqu'à la porte d'embarquement. Le responsable des mineurs non accompagnés trottine à côté de moi, l'air très stressé. Mais l'avion reste sur la piste pendant une éternité. J'ai donc le temps de télécharger la vidéo que Willa m'a envoyée. L'image qui s'affiche est celle de la salle de réception de l'hôtel hier soir. Après avoir mis mes écouteurs, j'appuie sur *play*. La caméra se tourne vers Jake et moi, sur scène. J'entends alors ma propre voix.

Je grimace, car je n'ai jamais aimé le son de ma voix enregistrée, puis je cesse d'y prêter attention pour me concentrer sur les paroles que je prononce.

« Enfin, si vous devez ne retenir qu'une seule leçon de cette soirée, c'est que vos choix comptent. Vos décisions comptent. Et vous pouvez toujours, toujours faire la différence ! »

La caméra filme ensuite la salle, saisissant le public, les décorations, ainsi que les marcheurs sur la terrasse et la plage. Le micro capte la vague d'applaudissements à la fin de mon discours.

Assise dans l'avion, je porte mes doigts à mes lèvres et me souviens de mon premier baiser. Je ne reverrai peut-être jamais Jake. Mais je sais que je ne l'oublierai pas – ni lui, ni comment je me sentais en sa présence. Comme si je pouvais tout accomplir en étant juste Alice Wright.

Lorsque l'avion décolle, je me pelotonne sur mon siège, prête à continuer ma nuit. Je sais que Papa et Mabel m'attendront à l'arrivée. Et mardi, je reprendrai les cours dans mon nouveau collège. J'ai beau ne pas encore y avoir de vrais amis, je suis certaine d'arriver à m'en faire. Comme nous ferons de la nouvelle maison notre foyer.

Quand l'avion atterrira, je serai de retour à Londres et heureuse d'être de nouveau chez moi. De nouveau moi-même.

REMERCIEMENTS

J'ai pris tellement de plaisir à écrire les aventures d'Alice et Willa qu'il me semble naturel de remercier tous ceux qui m'y ont aidée :

• Mon agente, Gemma Cooper, comme toujours.

• Mon incroyable éditrice, Ruth Bennett. Chaque livre sur lequel nous avons collaboré est devenu cent fois meilleur grâce à son implication.

• Tous les autres membres de Stripes, pour leur enthousiasme et leurs efforts pour donner vie à ce livre. Plus particulièrement : Ella Whiddett, assistante d'édition ; Emma Young, relectrice-correctrice ; Lisa Morris, graphiste qui a réalisé la couverture ; Sophie Bransby, graphiste ; Leilah Skelton, responsable marketing et publicité ; Melissa Hyder, correctrice.

• Ma famille et mes amis pour leur soutien indéfectible. Des remerciements particuliers à mon mari, Simon, et mes enfants, Holly et Sam, qui doivent me supporter quand je suis plongée dans les révisions ou que je stresse sur les corrections.

Mais, surtout, j'aimerais vous remercier, vous. Pour avoir sélectionné ce livre parmi tous ceux que vous auriez pu choisir de lire. Pour m'avoir accompagnée – ainsi qu'Alice et Willa – dans cette nouvelle aventure. Pour avoir cru en mes histoires, les avoir conseillées à des amis, en avoir fait la critique sur Internet ou simplement les avoir accueillies dans votre vie et votre cœur. C'est pour vous que j'ai écrit ce livre. J'espère qu'il vous a plu.

PAPIER À BASE DE
FIBRES CERTIFIÉES

Le Livre de Poche s'engage pour
l'environnement en réduisant
l'empreinte carbone de ses livres.
Celle de cet exemplaire est de :
450 g éq. CO_2
Rendez-vous sur
www.livredepoche-durable.fr

« Pour l'éditeur, le principe est d'utiliser des papiers composés de fibres naturelles, renouvelables, recyclables et fabriquées à partir de bois issus de forêts qui adoptent un système d'aménagement durable. En outre, l'éditeur attend de ses fournisseurs de papier qu'ils s'inscrivent dans une démarche de certification environnementale reconnue. »

Édité par la Librairie Générale Française - LPJ
(58 rue Jean Bleuzen, 92 170 Vanves)

Composition Nord Compo
Achevé d'imprimer en Espagne par Liberdúplex
Dépôt légal 1re publication mars 2024
39-4124-3 - ISBN : 978-2-01-724043-3
Loi n° 49-956 du 16 juillet 1949 sur les publications destinées à la jeunesse
Dépôt légal : mars 2024